# 三千日元的人生

［日］原田比香 著
曹逸冰 译

湖南文艺出版社
博集天卷
·长沙·

人生是随时

都可以

重新开始的

## 目 录

**第1章**

## 三千日元的用法 —— 001

奶奶说，人这一辈子怎么过，取决于三千日元的用法。

**第2章**

## 银发族再就业 —— 049

管它是什么工作呢，先找一个试试吧。

**第3章**

## 冲呀！攒够一千万！ —— 095

人不亲眼看到实物，就不会有"想要"的欲望。

**第4章**

## 性价比 —— 133

人生就是没有道理可讲的。可要是没那些没处说理的事，我们省吃俭用又是为了什么呢？

第5章

## 熟年离婚的经济学 ~~~~~~~ 183

离婚并不是人生的终点,而是新生活的开始呀。

第6章

## 节俭众生相 ~~~~~~~ 233

钱是为幸福服务的,省吃俭用也是为了过得开心,不能本末倒置呀。

解说

## "别人是别人,自己是自己" ~~~~~~~ 295
——你真能想得这么开吗?

垣谷美雨

# 第1章
## 三千日元的用法

奶奶说，人这一辈子怎么过，
取决于三千日元的用法。

奶奶说,人这一辈子怎么过,取决于三千日元[1]的用法。

啊?三千日元?这都哪儿跟哪儿啊?

当年还在上初中的御厨美帆放下正在看的书,抬头问道:

"奶奶,这话是什么意思啊?"

"就是字面意思啊。人的一生就是由用三千日元这样的小钱买的东西、选的东西、做的事情组成的。"

美帆来了离家不远的奶奶家,正抱着膝盖坐在房间的角落里看《小岛上的安妮》[2]。奶奶则坐在餐桌旁喝茶。

见美帆一脸茫然,一副没听明白的样子,奶奶哈哈大笑。

"打个比方吧,你那本书是什么时候买的?"

"用您给的压岁钱买的呀。"

过年的时候,奶奶给了三千日元压岁钱。美帆跟朋友一起

---

[1] 三千日元约合一百五十元人民币。本书中提到的金钱单位皆为日元。——译者(若无特殊说明,皆为译者注)
[2]《绿山墙的安妮》系列第三部,作者为露西·蒙哥马利(1874—1942)。

吃了几顿麦当劳，又买了这本书以后，压岁钱便见了底，可她并不后悔。在麦当劳谈天说地别提有多开心了，书也翻来覆去看了三遍，一点都不腻，所以美帆并不觉得自己在乱花钱。可是不知为何，钱总是花得特别快。每月的零花钱也是如此。

"美帆啊，你有记账的习惯吗？"

"我也没那么多零花钱，用得着记吗……"

家里每月给她五百块零花钱。跟朋友吃吃麦当劳、买买书就没了。不够用了，便找爸爸妈妈再要一点。

奶奶摇了摇头，仿佛在说：没毛病，这孩子就这脾气。

"那真帆把今年的压岁钱花在哪儿了？"

"嗯……她买了什么来着？好像是让妈妈带着去百货店买了个粉红色的漆皮钱包。三千日元不太够，她还添了点平时攒的零花钱呢。"

美帆有个上高中的姐姐。奶奶给姐姐的压岁钱也是三千日元。新买的粉红色钱包还挺好看的，是那种成熟优雅的款式。姐姐满怀期待地说，要带着它去春游。

"美帆吃了麦当劳，买了书。真帆买了粉红色的钱包。压岁钱的用法不是能明显体现出你们姐妹俩的性格嘛。"

"那只能说明我喜欢书，姐姐喜欢好看的东西，跟性格是两回事呀。"

美帆如此反驳。奶奶却只是喃喃道:"等你长大了就明白了。"

美帆听了个云里雾里,也不太服气。她的人生才刚刚开始,还完全无法预见一个个小小的选择会如何改写自己的人生。

"您怎么跟玛丽拉①似的……"

"啊?"

"没什么。"

不知为何,美帆突然想起了跟奶奶讨论那个话题的景象。

此时此刻,她正站在摆满茶壶的杂货店货架跟前。"呀!"她惊呼一声,手里的茶壶险些落地。

搬出来自己住已经有大半年了,可家里一直都没有茶壶,只能喝袋泡茶,不然就是上班路上去便利店买瓶装茶。

她在店里逛了逛,打算买个款式简约的玻璃壶。正正好好三千日元。如此一来,泡花草茶的时候就能看到茶汤的颜色和各式各样的香草了。而且她家的家具摆设都是白色系的,放着也不突兀。泡绿茶肯定也好看。

---

①《小岛上的安妮》中的角色,安妮的养母,现实主义者,喜欢说教。

大她五岁，早已结婚生子的姐姐真帆用的又是什么样的茶壶呢？美帆试着回忆了一下。好像是个煮咖啡用的珐琅壶，还能当烧水的小水壶用。姐姐说，她是在一个分享省钱妙招的网红主妇发的照片里看到的，一眼就相中了。价钱有点小贵，她省吃俭用了好久才攒够了钱。美帆还记得姐姐洗珐琅壶的时候是多么小心翼翼，生怕磕着碰着。姐姐总说它贵，其实也就三千九百八十块。

美帆的妈妈用的则是闺密送的生日礼物，一个北欧牌子的茶壶。妈妈和那位阿姨上大学的时候就是好朋友了。也许是因为在泡沫经济时代度过了青春年华吧，妈妈会定期翻看女性杂志，对潮流和美食毫无抵抗力。

奶奶用的西式茶壶是皇家哥本哈根[①]的白底蓝花瓷壶，日式茶壶则是某次旅游时买的名家之作。两个茶壶都贵得很，定价远不止三千。但奶奶都用了好些年了，用天数除一除，一年下来大概是不到三千的。每次想起奶奶，美帆的脑海中都会浮现出她用那两个茶壶泡茶的模样，可见它们早已融入了奶奶的日常生活。

奶奶说得有道理啊……钱的用法还真能体现出一个人的

---

① 丹麦王室御用瓷器品牌。

性情。

美帆把手里的玻璃茶壶放回货架。一想到"买回家的东西就是自己的写照",她就不太确定那个茶壶合不合适了。

毕竟,那是一个晶莹剔透、一摔就碎的玻璃茶壶。

顺顺利利拿到大学毕业证,找到工作搬出来住——这就是美帆这些年为之奋斗的目标。

她入职了一家位于西新宿的中型IT(信息技术)公司。在这个行业,压榨员工属于常态,她所在的这家公司也良心不到哪儿去。直属领导的思想还算开明,可高层的社长和董事个个爹味十足。公司成立之初是某电信集团子公司的子公司,约莫十年前才独立出来,名字也改了。但来自政府部门和公益组织的订单并没有断,业务还是很稳定的。上大学时,美帆向往过各种各样的行业,也有过摇摆不定的时期。不过她对现在这家公司还是很满意的,因为职场洋溢着IT行业特有的活力,各项福利制度也很健全。

上了一年班以后,美帆在祐天寺租了一套房子。

搬出来自己住是美帆的夙愿。父母家在东十条,毗邻十条银座,离十条站就十分钟路程,所以她一直都想找个机会住住看东京西部。

美帆很中意这套房子,用"闹中取静"来形容真是再合适不过了。骑自行车到中目黑只要五分钟,附近还有网红店"蓝瓶咖啡"。月租加物业费总共九万八。虽然有点贵,但东京西部基本都要这个价,而且这种相对较新的十帖①一室一厨公寓并不好找,想想都觉得自己可能干了。

换句话说,美帆很满意现在的生活。

她觉得自己的每一步都走得稳稳当当,每一个梦想也都圆满实现了。考上了心仪的大学,找到了不错的工作……

直到小田街绘惨遭裁员。

街绘姐今年四十四岁,是美帆刚入职时的带教老师。

她聪明能干,心地善良。工作能力强的人往往比较强势,她却温文尔雅,好似文静的少女原封不动长成了大人。

街绘姐的出身也确实很好。她和母亲同住的老宅在杉并区,高墙环绕,绿树成荫。

有一次,美帆应邀上门做客。"嘟——"按响古旧的门铃后,街绘姐和身材娇小的伯母一起迎了出来。

伯母年事已高,因为她过了三十五岁才生下了街绘姐,这在当年是罕见的。

---

① 日本面积单位,一张榻榻米的大小,1帖约为1.62平方米。

"东西都旧了，愁死人啦。"

美帆由衷赞叹"你家的房子可真有味道"时，街绘姐如此回答。看神情，她倒不是在谦虚，而是真的愁。那天她穿着棕色的格纹上衣，搭配棕色的开衫和棕色的裙子。她上班时也经常这么穿。开会或接待访客时，她会再套一件深蓝色的外套。听说街绘姐入职以后一直都是这样的穿搭风格，与时尚潮流毫不沾边。

"我是独生女，爸爸走了好些年了。"

美帆一看便知，街绘姐和伯母在这栋房子里携手度过了无数个日日夜夜。

街绘姐将她带去了客厅。客厅里的沙发套着白色的罩子。

"妈，这是美帆带的伴手礼。"

"哎呀，你太客气啦。"

厨房传来母女俩的低语，应该是在讨论美帆从中目黑买来的芝士蛋糕。美帆不由得想，街绘姐确实是好人家的大小姐呀。

"照理说是不该用你送的东西招待你的，不过机会难得，要不就切了吃吧？"

"别客气，尽管吃吧！"美帆下意识地喊道。住十条的时候，她也经常上别人家做客。她觉得主人家客气的时候，她就该回一句"别客气"，这样才不至于失了礼数。只是这回没控制好音量，反倒显得唐突了，怪难为情的。

母女俩轻笑着端来茶点。印着小朵玫瑰的国产老茶杯边上摆着美帆买来的蛋糕，外加一碟年糕片。

"这是我妈妈亲手做的。"

街绘姐的脸颊微微泛红。

"就是用过年供神的年糕炸的啦，"伯母也红着脸解释道，"我们常去的一家日式糕点铺每年都会送一块很大的年糕，我跟街绘根本吃不完，可又不好意思让人家做小一点。"

"毕竟是老交情了……"街绘姐补充道，"所以就拿来做零嘴了。"

"和你送的东西一比，我都不好意思啦。"

"您太客气了，这年糕片好好吃啊！"

美帆还是头一回吃撒着糖粉的年糕片，那丝丝甜味却让人倍感怀念。明明是油炸的，却一点都不腻，想必是用上好的油精心烹制的。

"我也真是不像话，每次都用这种东西招呼客人……"

"我奶奶很擅长腌白菜，也是逮着机会就送人呢。"

"哎哟，羡慕死我了。腌菜我是一点都不会做。"

见母女俩再次相视而笑，美帆真恨不得用扦子把公司里那群八卦"街绘姐是不是处女"的男同事都扎个对穿。街绘姐在公司广受信赖和爱戴,却也受尽了这样的揶揄。

今年春天,街绘姐因轻度脑梗死病倒了。幸好她发病时刚好在家,送医及时,经过一个多月的住院和康复治疗就回来上班了。起初她走路还有些一瘸一拐的,好在几个月后就几乎看不出来了。但她刚回来的时候还是享受到了"不用加班"的特权。领导、同事和美帆都嘱咐她好好休息。她也心怀感激,继续接受康复治疗。

我们公司可真好,同事们也都是大好人……美帆感动不已,心里暖洋洋的,庆幸自己当年没看走眼。

谁知公司在那年秋天大举裁员,名单上的第一个人就是街绘姐。没过几天,她就办了离职手续。

街绘姐走后,美帆总觉得哪里不对。

工作的时候,吃午饭的时候,开会的时候……她总会突然想起有街绘姐的一幕幕。

想起她的言行举止和谆谆教导,想起她的一颦一笑。

不知她和优雅的伯母在老房子里过得可好……每每想及此处,美帆心里都空落落的。

街绘姐之所以被裁掉,主要是因为她病了一场,工作时间不如原来长了,考评自然也拿不了高分。而且她未婚未育,家里又有大房子（虽然房子登记在伯母名下，但大家都知道她是住杉并区的大小姐），在公司看来比较容易"下刀"。再加上她职位不高，但好歹有大学文凭，工龄又长，所以工资比较高……

然而，人真的有"好不好裁"之分吗？

去街绘姐家做客时，伯母还很硬朗。可她毕竟年事已高，说不定哪天就需要人贴身照顾了。而且街绘姐都四十好几岁了，是个人都知道这个年纪不好找下家。

在街绘姐离职的第二天，美帆看着自己对面那张空荡荡的办公桌，只觉得摇摇欲坠，仿佛自信和安全感的基石都被抽走了，前途叵测。

科长、股长和其他同事照样嘻嘻哈哈，午休时还练起了高尔夫的挥杆动作。美帆不由得想，他们一切如常，根本没把街绘姐的事情放在心上。

我都快郁闷死了！

可要是有人问"你能为街绘姐做些什么"，美帆一句话也说不出来。

街绘姐被列入裁员名单时，美帆实在没有勇气挺身而出，说"留下她，裁我吧"。她明明知道自己还年轻，就算不能立刻找到下家，再就业的难度也比街绘姐小多了。

所以她恨透了让自己陷入这种心境的公司。

年尾将至，各家都办起了年会。

美帆的公司当然也有办年会的传统。第一部分是部长以下的两百多名员工一起聚餐，第二部分则以部门为单位，各搞各的。无论是第一部分还是第二部分，负责统筹协调的都是新人或入职没几年的小年轻。年底的业务本就繁重，再加上年会的筹备工作，二十岁出头的年轻员工难免要累脱一层皮。

美帆去年也累得够呛，多亏了街绘姐才撑下来。

街绘姐是唯一肯为新人出谋划策的前辈。她知道新人缺乏经验，所以总是默默伸出援手，适时提点，最后还会帮着过一遍流程，免得忙中出错。

每每想起那一幕幕，美帆都会鼻子发酸，干起活来都有些心不在焉了。去年要不是有街绘姐帮忙，她绝对是搞不定的。她由衷感谢街绘姐传授的经验知识，也在力所能及的范围内给新人出主意。

年会当天，第一部分顺利结束后，美帆所在的部门转战卡拉OK。

负责人提前订好了能容纳部门所有成员的大包厢。领导们明明想唱得很，却迟迟不肯开麦。为了活跃气氛，美帆点了一首男女对唱的曲子，跟股长带头唱了起来。

见同事们开始竞相点歌了，美帆才松了一口气，在包厢的角落坐了下来。第一部分的时候，她又要给领导调酒，又要盯着炖锅的火候，几乎没吃上几口，这会儿才有工夫吃点凉了的比萨和薯条。就在这时，猥琐的声音传入耳中。

"嗯？那南山部长跟她到底有没有一腿啊？"

美帆也不是每句话都听得清清楚楚的，但那人的语气粗俗得让她想抬手捂住耳朵，一听就知道是在八卦。

"怎么可能，至少部长是这么说的。他老人家还没落魄到那个份上，嘿嘿嘿……"

窃笑声阵阵传来。美帆悄悄看过去，只见五六个领导挤在包厢的角落交头接耳。

而他们正在议论的南山部长唱得正欢。他们一边看着，一边拿八卦当下酒菜。

"那街绘还是个处啊？"

"肯定啊。"

他们在议论街绘姐——刚察觉到这点，美帆便觉得全身的血液都凝固了，指尖瞬间冰凉。

"搞什么嘛，我之前还听说她是南山部长的马子，对她可客气了。"

"才不是呢。裁员的时候，部长不也没替她说话嘛。"

"也是。"

"也可能是因为公司里有这样的传闻，部长才故意没帮她争取的。"

"要不是有这些风言风语，她哪儿能在咱们部门横着走啊。"

"一旦变成那样，就很难适应外面的世界了……"比街绘姐早两年进公司的斋藤科长幽幽道，"她的工作能力是不差，被领导夸得多了，久而久之就飘了。她要是换个公司，或者换个行当，可未必能有那样的待遇。"

这番话看似是在同情街绘姐的遭遇，实则是高高在上地数落，仿佛自己才是一等一的正人君子。

"这么看来，她是被我们公司给害惨了啊。"

比街绘姐年轻的股长也装出一副老于世故的样子。

还不是她活该——不知是谁说了这么一句话。

美帆忍无可忍，起身去了洗手间，许是吃得太急了，胸口憋得慌，胃里的东西吐了个干净。


"唉，感觉心里空落落的……"

听到这里，长谷川大树放下了手中的欧蕾咖啡。

十二月一到,美帆和男友大树都忙得天旋地转,一直没机会见面。回过神来的时候,美帆已经把这些天发生的事和自己的想法都一股脑地倒了出来。

"没想到同事们会那么说街绘姐,她明明为公司付出了那么多……我都不知道努力工作到底有什么意义了。"

大树目光游移,细细斟酌着措辞回答道:

"还是别瞎琢磨工作和人生的意义了,是个人都会觉得空虚的。我们这样的年轻人就不用说了,公司里那群大叔也一样。"

"是吗……"

"其实大家都不是什么正人君子啦,所以大叔也会天天说别人的坏话。他们也很焦虑,只能顺着别人的话往下讲。我觉得认识到这一点还是很有必要的。你能正视自己的软弱和渺小,这就很了不起了。"

嗯,大树就是这种人。他很善良,也很会安慰人。美帆平日里大大咧咧,其实内心还挺脆弱的,动不动就气馁消沉。而大树很会给她加油打气。

这也是美帆对他动心的原因所在。

"而且吧,我觉得那些大叔说得也不是完全没有道理。"

"啊?"

美帆前一秒还沉浸在他的温柔体贴中，此刻却有种凉风吹过面庞的感觉。

"说不定街绘姐真有那样的一面，只是你不知道罢了。"

"不可能，街绘姐才不是那种人呢。那我问你，如果公司同事在你面前这么八卦别人，你怎么办？"

"这个嘛……就算不主动参与，也会默默听着，时不时笑两声吧。背后议论别人是不好，可八卦是社会上必不可少的啊。八卦那些不在晋升通道上的女同事就更是没有害处了，不会伤到任何人。"

晋升通道……男友脸上顿时多了几分"爹味"。

"这话也太难听了。"

"有吗？其实我觉得吧，你那些同事说得也没有很离谱。"

像是又被人扇了一巴掌。算不上剧痛，但清晰分明。

"你把那个街绘姐夸上了天，可她做的都是内部协调类的工作啊，好像也没参与过关乎公司业绩的关键业务。这真的叫'工作能力强'吗？我们公司也有几个大姐，仗着自己干得久，明明没多大本事却天天摆臭架子，说实话，我是挺看不惯的。其他同事当然会觉得她们可有可无了。大环境好的时候，或者碰上了泡沫经济那也就算了，现在的公司可没有余力养这种闲人。"

养……大树的措辞让美帆心头一凉。

"反正都是没办法的事,你也不能怎么样啊。"

最后一句更是深深刺痛了美帆的心。

"那要是以后同事们像八卦街绘姐那样八卦我,你也无所谓吗?"

"不会的啦,你迟早会结婚的,有了孩子就会辞职的。"

什么?结婚?迟早?这话是什么意思?

换一个时间与场合,男友的这句话也许会让美帆怦然心动。然而,此时此刻的她惊愕地盯着他的脸。他却移开了目光,像是不敢看她。

"我对工作可不是那么随便的。再说了,现在大家都是生完孩子接着上班的。"

大树有那么古板吗?

"那你想干多久就干多久呗。"

美帆竟有种被他一把推开的感觉。这句颇有些"我的人生跟你毫不相干"的弦外之音。

大树没有察觉到美帆心中的波澜,聊起了他们公司新成立的项目组。

元旦将至,美帆回到了位于十条的父母家。

妈妈给她发了好几次短信,让她早点回家,帮忙打扫打扫卫生,做做年菜。但二十七号一收工,她就跟大学同学滑雪去了,三十号晚上才回东京。第二天睡到大中午,临近傍晚才回到父母家。

"美帆,你怎么才来啊,干什么去了?"

一开门,妈妈的声音便飘了出来。措辞严厉,语气倒还好。不知为何,一屋子的人都在笑。

"我回来了——"

美帆没有回答,只打了声招呼。被家人笑话的不爽和没有及时回家干活的内疚错综交织,心里堵得慌。

"活都快干完啦。"姐姐真帆含笑道。

她三岁的女儿佐帆冲来玄关。

"都快干完啦!"

小丫头装模作样地噘起嘴,学妈妈说话。

美帆平时很疼这个外甥女,也明白她几乎不懂自己学的这句是什么意思,心里却还是莫名地烦躁。

"佐帆,再胡说就不给你压岁钱了啊。"

"美帆姨姨好吓人,好吓人啊——"见美帆吹胡子瞪眼,佐帆一溜烟跑向亲妈。

美帆追着她走进一体式餐厨。奶奶、妈妈和真帆都坐在餐桌旁,桌上摆满了快做完的年菜。

三人齐齐抬头,三张脸像得一塌糊涂。奶奶和妈妈明明没有血缘关系,却都是大圆脸配小嘴巴。中间再夹个姐姐,活像三颗蹦出豆荚的蚕豆。

每天早上出现在镜子里的那张看腻了的脸也是如此。

"你几岁了啊,还跟小孩子一般见识。"

妈妈瞪了美帆一眼,那表情比刚才的美帆可怕十倍。

佐帆把头埋在了真帆的胸口。

"回来啦。"

只有奶奶心平气和地欢迎美帆。

"嗯。"

"这么晚才回来,该打扫的都打扫完了,年菜也做得差不多了。"

"我不是说了要跟同学去滑雪嘛。"

"你啊,就知道吃现成饭。本来还想让你刷刷浴室,通通雨水管的……"

"我都说了……"

美帆知道顶嘴也是白费力气,便就此打住,一屁股坐在了旁边客厅的沙发上。

"别坐着啊,好歹来搭把手吧。"

"那我来筛一筛金团①要用的甘薯泥?双色蒸蛋②的蛋液也要过筛的吧?"

这两道菜都是御厨家的年菜必不可少的,连厨艺蹩脚的美帆都会做。

"都搞定啦。"

在美帆看来,做年菜着实是个枯燥的苦差事,好多配料都需要过筛。可不知为何,奶奶和妈妈对这件事特别上心。最近连姐姐都加入了她们的行列。

"海带卷③呢?就是用海带裹住鲱鱼,再绑上葫芦条的那一步?"

"你姐在弄了。"

"筑前煮④里的魔芋结呢?"

过完筛就是没完没了地"裹"和没完没了地"打结"。

"也弄好了。"

"芋头的皮呢?"

---

① 年菜经典菜式,用栀子将甘薯和板栗染成金黄色,加糖煮熟后处理成糊状,加入糖煮板栗。黄澄澄的栗子象征着金块,寓意财源滚滚。
② 年菜经典菜式,上层金黄、下层白色的蒸蛋,配色喜庆。
③ 年菜经典菜式,"昆布(海带)"的日语发音与"欢喜"的日语发音相近,因此象征着吉祥喜庆。
④ 家常什锦炖菜,常用配料有魔芋、牛蒡、胡萝卜、芋头等。

"昨天就削完了。"

"切胡萝卜花呢?"

"你姐弄好了。"

"煮黑豆呢?"

"还剩最后一步,但不能交给你。"

也是——不知为何,"如何让煮好的黑豆不起皱"一直都是妈妈和奶奶的至高命题,两人每年都为此绞尽脑汁,什么法子都试过。

在这种合家欢聚的场合,妈妈和奶奶总是表现得非常融洽。但美帆听到过妈妈用方言跟外婆打电话,感觉她在奶奶面前还是放不太开。

妈妈深知姐妹俩都很敬重奶奶,从不在她们面前说奶奶的坏话。可"妈妈和奶奶是否亲如母女"又是另一码事了。

"今年啊,我们打算回归原点,不用高压锅了,改成文火慢炖,让豆子慢慢吸收糖水。黑豆已经在水里泡三天了……"

"那我来把过好筛的甘薯泥做成金团?"

妈妈一聊起黑豆就刹不住车,于是美帆干脆打断。

"前年不是让你试过嘛,结果都被你烧煳了。今年还是我来吧,不敢再让你做了。"

"那还剩下什么啊?"

"筑前煮和五彩豆要调味，盐焗大虾和鲷鱼还没做……最后还得把菜装进套盒，可这些都是没法交给你干的活。"

"那我还能干什么啊……"

"谁让你这么晚才回来。"

说什么都是来来回回兜圈子。

美帆很是不爽地往客厅的沙发上一瘫。

"你就陪佐帆玩会儿吧。"

"行啊。"

美帆转头看向佐帆，只见平时缠着她不放的小丫头还死死抓着姐姐真帆，大概是被刚才那一瞪吓得不轻。

"美帆就歇着吧，天天上班多累啊。"

奶奶柔声道。

"奶奶，您也太宠着她了！我天天做家务带孩子也很累啊！"

真帆大声抗议。美帆装睡，左耳进右耳出。

祖孙三人很快就又忙活起来，边干边聊。

无论美帆在不在，她们都无所谓。哪怕她不回来，也没有人会发愁。年菜就快搞定了，大扫除也做好了。妈妈本就爱干净，家里总是一尘不染。

真帆在征求妈妈和奶奶的意见，说等佐帆上了幼儿园，想找个地方上班，但不知道去哪儿好。条件合适的好像不太好找。她还抱怨了两句"老公赚得太少"。

不过……虽然姐姐经常哭穷,可美帆觉得姐姐家应该没到揭不开锅的地步。要真是连吃饭都成问题,谁还会挑工作呢。奶奶和妈妈心里大概也有数,听归听,却没发表太多意见。

说句不该说的……姐姐的胆子是真大,老公一个月工资才二十三万都敢嫁,还敢生娃。姐夫太阳是个帅气的消防员,皮肤晒得黝黑,衬得牙齿雪白。他们上高中的时候就在一起了,工作后没多久就结了婚。姐姐人专毕业后在车站跟前的证券公司干过一阵子,后来辞职了。

找个赚得少的老公也就罢了,我可不会一结婚就生孩子,一生孩子就立马辞职。

咦,我今天怎么会冒出这么刻薄的念头?——姐夫是个好人,而且好歹是公务员,收入还是很稳定的。佐帆也是个小可爱。外甥女呱呱坠地那天,美帆都感动得掉了眼泪。可是……

"怎么啦,姨妈[①]?睡着啦?"

---

[①] 姨妈在日语中是"おばさん(欧巴桑)",听着显老,所以才有后文美帆不让外甥女喊姨妈的情节。

回过神来才发现，佐帆正站在沙发旁，盯着自己的脸。

"别喊姨妈，要喊美帆姨姨！"

"哇，姨妈没睡着！嘻嘻嘻……"佐帆笑着跑开了。小姑娘才三岁，却知道美帆不喜欢她喊"姨妈"，所以偏要这么喊。

"臭丫头！"

美帆爬起来追着佐帆跑。佐帆兴奋得咯咯直笑，在家里跑来跑去。

美帆忽然觉得，她好像在追逐自己永远都不可能抓住的幸福。

在父母家待着，总觉得浑身不自在。才二号下午，美帆便以工作为由，提前回了自己的住处。

到祐天寺车站一看，常去的现烤面包房居然开着。于是她买了切片面包和核桃无花果餐包，回到公寓。

一开房门，美帆便发自心底地松了口气，长叹一声。声音传到耳朵里，把她自己吓了一跳。

刚搬出来的时候可不是这样的。

明明是她想搬出来自己住的，可一到晚上就会被窸窸窣窣的小声响吓到，不知给妈妈打过多少通电话，每个周末都要回父母家。

可回过神来才发现，除夕夜之前，她都好几个月没有回去过了。

直到不久前，独居的她还有种"出了问题就回家找爸妈"的安全感。但如今的她意识到，也许父母家并不是自己的归宿。

赶紧放一缸洗澡水，加点中意的浴盐，好好暖和暖和，洗净全身的每一寸肌肤。

出了浴室，打开冰箱，发现圣诞节的红酒还有剩的。倒上一杯，就着核桃无花果餐包品上几口。虽然很冰，但味道不错。

喝着喝着，又是一声出自心底的叹息。这瓶酒还是大树来她家时开的。圣诞节那天，他们完全没聊起来，一瓶酒都没喝完。勉勉强强熬到晚上，去一家普普通通的餐厅吃了晚饭，收了一条小项链（美帆也送了他一支钢笔，大概一万块），然后回美帆家看了一部网络电影……仅此而已。

不过她是真没想到，面包房大年初二就开门了。

这说明周边一定有很多大年初二就需要去店里买面包的人。他们也许跟美帆一样还没成家，或者就是过年也不回父母家。

祐天寺就是好。面包和红酒的味道抚慰了美帆。

美帆早就知道这个问题的存在。

她看过NHK（日本放送协会）的特别节目，也在Twitter[①]上看到过相关的讨论。

但亲身体验还是头一回。

情人节那天不上班。美帆独自来到中目黑散步。

中目黑是一个很不适合一个人逛的地方。因为满大街都是情侣，不然就是跟朋友一起出来的人。尤其是偶像男星周边店云集的目黑川附近，咖啡厅和餐馆里坐满了三五成群的女粉丝。

大树最近好像很忙，上次见面还是年底。这几天只发过几条LINE[②]，打过几通电话。

但美帆的心都凉透了，不见面都没什么所谓了。

这半年来，她一直有种预感：也许是时候结束这段感情了。

没办法。毕竟他们在不同的公司上班，日子久了，价值观和立场肯定会变的。大树原本是很理解职业女性的，没想到他会说出那种话来。搞不好……他已经对美帆不怎么上心了。

---

[①] 现已改名为X，一款社交媒体软件，类似微博。——编者
[②] 一款即时通信软件，类似微信。——编者

"汪"……轻轻的叫声传来。

美帆环顾四周。高亢的叫声紧随其后。"汪汪！"

那叫声仿佛在说："我在这儿啊！别走过了！"

声音来自中目黑车站大楼跟前。那边有个小广场，停靠了几辆公交车和出租车。而"它"就在小吃摊扎堆的广场一角。

只见一只黑背吉娃娃睁着豆豆眼，看着美帆。旁边是一只表情温和的大白狗。

定睛一看，原来是小动物救助站的摊位。摊位前摆了许多猫猫狗狗的照片，还有捐款箱。不过和新鲜出炉的烤肠、产地直送的蔬菜一比，就显得逊色不少了。

但狗狗的可爱压倒了一切，牢牢抓住了美帆的目光。她下意识走上前去，蹲了下来。

"欢迎欢迎！我们是闪亮天使救助站——"

一位身穿米色衬衫和卡其色长裤、脑后扎着单辫、戴着帽子、面相和善的工作人员招呼道。

"它们都是流浪狗吗？"

美帆觉得光摸吉娃娃就太不公平了，于是也摸了摸边上的大狗。吉娃娃一通叫嚷，就跟吃醋了似的。大狗和颜悦色地看着它。

"对，现在都在我们站里。"

"这么可爱的吉娃娃都没有家啊?"

"是啊,是我们从保健所①接回来的。"

"它几岁了?"

"不确定,大概五岁吧。"

吉娃娃用头蹭了蹭美帆的膝盖。

"这么可爱的小狗……"

美帆知道有很多狗狗无家可归,可她还以为没人要的都是串串或体型较大的,要么就是年纪大的、需要人照顾的那种。她还挺佩服志愿者的,自己肯定没那个毅力。

可眼前的狗狗们让她心动了。这么有活力的宝宝,说不定她也能养。

"是啊,您喜欢狗吗?"

"小时候养过……"

说到这里,她的胸口一阵疼痛。

"那您现在的住处是可以养宠物的吗?"

"是租的房子,所以……"

"那就很难办了。"

工作人员递给美帆一本宣传册。

---

① 流浪狗在日本归保健所管,长时间无人领养会被人道毁灭。

028

"我们站里还有其他猫猫狗狗，网站也会时不时更新的，您要有兴趣的话可以看一下。"

"谢谢。"

"领养需要满足一定的条件，但我们站一直都在招募家长的。等各方面条件合适了，请一定要联系我们。"

"太感谢了。"

最后，工作人员让美帆抱了抱吉娃娃。狗狗身上热乎乎的，直勾勾地盯着美帆的眼睛。

打那天起，美帆一直对救助站的狗狗念念不忘。

她小时候养过一只腊肠犬，名叫"花生米"。因为它刚来的时候，毛色和体形都像极了花生。

当时她想养狗想疯了，不知求了父母多少回，好不容易才如愿，自是视若珍宝。谁知在美帆上初中的时候，十多岁的花生米走丢了。

其实不是没有预兆。花生米上了年纪，越来越糊涂了……动不动就发呆。不知为何，它在一个雨天离开了家，就这么失踪了。

美帆哭了。

刚把花生米接回来的时候，她曾发誓要照顾它一辈子，它的吃喝拉撒都归她管。可上了初中以后，她忙着参加社团活动，忙着学习，忙着跟朋友出去玩，花生米的事全都丢给了爸妈。

爸妈偶尔说她两句，她便扯着嗓子吼："没办法啊，我也很忙啊！"吵起来也是常有的事。

这种时候，花生米都会待在房间的一角，用悲伤的眼神盯着他们。它很聪明，可能猜出了家人是在为它争吵，也可能是觉得大家都不喜欢它了。

直到现在，美帆一想起那双眼睛，就会心头一紧。

当时她把能找的地方都找了，可就是找不到。过了很久才听说，花生米可能是被抓去保健所了。她还了解到一个残酷的现实——如果主人迟迟没有现身，宠物的结局就是安乐死。

怎么就没想到去保健所找找呢？美帆很是自责。

她一直都没放下花生米。

收养救助站的狗狗，也许能稍稍冲淡心中的悔恨。如果自己能救回一条和当年的花生米一样的小生命……美帆觉得，人生似乎有了新的意义和目标。

回到家后，她仔细浏览了救助站的官网。

猫狗的照片多得出乎意料。刚见过的那只吉娃娃也在里头。除了它，还有好几只小型犬。

她发现自己会下意识多看两眼长得可爱的和年纪小的，顿时无地自容，差点关了网页。

可是转念一想，既然要养一辈子，那肯定是自己看着顺眼的、跟自己合得来的更好。美帆一边在心里找借口，一边继续浏览网页。

对了，刚才那位工作人员说"领养需要满足一定的条件"……美帆想起了这茬，点进"领养须知"页面。

各种条件显示在屏幕上：

第一，定期打疫苗，适龄绝育，所有费用由领养者承担。第二，不得散养，有可以养宠物的稳定住所，志愿者会在送猫狗上门时核实。第三，找担保人签署保证书，确保领养者无法继续饲养（如生病或去世）时有人兜底。

还有很多细节上的小规定，但上面这三条是最要紧的。

好严格啊……但这也能体现出救助站对猫猫狗狗的"爱"。

美帆立即查了查自家附近能养宠物的房源。

不出所料……符合条件的少得可怜，租金还贵得出奇。基本都比她现在租的这套贵一倍还多。

美帆发现自己的工资根本租不起能养宠物的房子。就算咬牙租卜米，万一碰上优化降薪，她就得带着狗狗流落街头。就她一个也就罢了，不能让狗狗跟着自己吃苦。这样没法给狗狗一个安稳的家。

她突然意识到……救助站列出的这些条件不光是狗狗需要的，也是她自己需要的。能养宠物的"房子"，健康的"身体"，当然还有"钱"。不管有没有领养这回事，这些东西都是必不可少的。

她已经察觉到父母家也许不是自己的归宿了，一时半刻也没有结婚的打算。而且……

直到不久前，公司还是美帆的依靠和人生保障。她原本是很信任公司的。但街绘姐的离职让她意识到，自己脚下的那块地也没有那么稳固。二十几岁的时候也就罢了，等年纪上去了，便时刻面临着被扫地出门的风险。

下半辈子该怎么过呢？

小狗们仿佛在默默拷问美帆："你想怎么活？"

现在跳槽，能找到更稳定的工作吗？最好是既稳定，薪水又高的那种。

美帆也清楚，赚得多又稳定的工作都得持证上岗，不在大学阶段努力学习是很难考出来的，好比医生、护士、律师……未免太不切实际了。那也不是她心仪的工作。

到头来，只能一点一滴积累小小的"安全感"。

美帆再次注视那些小型犬的照片。

现在的我能做些什么呢?

买一套能养宠物的楼房或者独栋房?

据说很多女生年纪轻轻就自己买了房。可美帆总觉得那是另一个世界的事情。

她战战兢兢地打开了另一个网站。

明知自己够不到,可总得搞清楚那个目标离自己到底有多远吧。

"目黑区 二手楼房"

输入关键词,浏览结果,一声叹息。

"世田谷区① 二手楼房"

这都不用看了。

"杉并区 二手楼房""横滨市 东横线沿线 二手楼房""台东区 二手楼房""世田谷区 二手独栋房"……

美帆搜了一整晚,直至天空泛起鱼肚白。

"于是你就洗心革面,进入节俭模式啦?"

二月的周末。美帆应姐姐的邀请,来到姐姐一家住的十条出租屋。

---

① 世田谷区以房价高著称。

"有空来我家吃个饭呗?"

姐姐发信息约了她好几回,大概是觉得在父母家过年的时候气氛有点尴尬,想找个机会缓和一下。

姐姐乍看没什么心眼,但在这方面还是很注意的。

"这周末太阳要上班,来我家坐坐呗。就我跟佐帆在家,怪冷清的。"

姐姐总会像这样给对方台阶下。美帆也能看出姐姐是在给她创造条件。再加上姐姐提了不止一回,她便答应了。不过她不打算回离得很近的父母家。

姐姐租住的两室一厨干净整洁,一如往常。午饭是日式汉堡肉饼配肉酱意面,都是有孩子的人家常吃的东西,朴实无华,不过汉堡肉饼鲜嫩多汁,味道相当不错。餐后还有自制的苹果蛋糕,别提有多周到了。

围坐在餐桌旁闲聊家常时,过年时的尴尬烟消云散。美帆深感她们终究是亲密无间的姐妹。她告诉姐姐,自己正在物色可以养宠物的房子,还打算存点钱。

"哇,你要买房啊?不看楼房,只看独栋房?厉害啊,我们家搞不好得一辈子租房住了。"

吃饱喝足后,闹腾了半天的佐帆就乖乖睡着了。姐妹俩抓紧时间,轻声聊了起来。

"因为独栋房还有可能够得着……"

美帆在手机上搜了搜,给姐姐看搜索结果。

"这年头大家都喜欢买楼房,所以二手的独栋房更便宜。当然也得看地段啦。"

"哦……"

"而且楼房有维修基金和物业费呀。算上每个月的开支,搞不好买独栋房还更划算一点呢。"

"但这意味着你得自己打理房子啊,费钱又费劲。妈妈不是经常抱怨家里的房子不好打理吗?"

全职妈妈想得就是细。

"话是这么说……但也得有这样的房子呀。"

美帆给真帆看了一套位置有点偏的独栋房,只要一千多万。

"你看这套,带院子的,一千三百八十万。努努力还是有希望的。"

"可二手房不太好办贷款。"

姐姐怎么什么都懂啊——姐姐丰富的金融知识让美帆感叹不已。直到此刻,她才想起姐姐结婚前是在证券公司上班的。

"所以我要省吃俭用,努力攒钱。奥运年一过,房价说不定能降下来一点呢。"

听到这话，姐姐微微一笑，点了点头。

"想得这么长远呀，那我就放心了。看来这次你是动真格的啦。"

"我可不是闹着玩的。"

"我还当你是三分钟热度呢。宠物和房子都是终身大事，可不能拍脑袋。"

"我知道。"

也许救助站的狗狗，只是让美帆严肃考虑省吃俭用攒钱的契机。

街绘姐的遭遇、与男友的分歧早已为她夯实了重新审视人生的土壤。狗狗不过是点着了最后一把火。

美帆喝了姐姐泡的第二杯红茶。用的正是那个漂亮的珐琅壶。

"那你得攒够一千万。"

"啊？"

"因为办不了贷款啊，只能靠自己。"

一千万……要实现目标，也许是需要这么多钱。但这是美帆迟迟无法正视的数字。

"我们家的目标也是一千万，得给佐帆攒够学费呀。"

"啊？你也在攒钱啊？攒了多少了？"

问完了才觉得不妥，支支吾吾起来。就算是亲姐妹，也不能这么打听人家的存款啊。呃，应该说"正因为是亲姐妹，才更难以启齿"。

"啊……对不起对不起，不想说就别说啦。"

"才六百万出头。"

真帆却答得痛快。

"啊？！"

美帆大吃一惊。姐姐结婚才六年，姐夫一年才赚三百多万，还要养孩子，怎么能攒下这么多钱啊？

"一百万是我结婚前攒的，太阳一点存款都没有。六百万里的三分之一买了基金，收益会波动的。刚有佐帆那年花得多，所以只攒下了这些。"

真帆连忙解释起来，似是把美帆的惊讶解读成了相反的意思。

"不不不，我是觉得多啊，除下来一年差不多有一百万呢！你是怎么攒下这么多钱的啊？"

要是能一年攒出一百万，一千万也就是十年的事。其实美帆知道自己的工资比姐夫高，只是不好意思当着姐姐的面说罢了。而且她又不用养老婆孩子。

美帆细细打量餐桌上的东西。

"姐姐，你们平时该不会顿顿都吃豆腐和豆芽吧？今天的蛋糕不会是破例为我烤的吧？"

听到这里，真帆得意地笑了笑。

"才不是呢，我们家平时就是这么吃的。吃得是不太精致啦，但一个月的伙食费能控制在两万左右吧。"

"啊？！"

今天的第二次震惊当头砸来。

"我就一个人，一个月要吃掉三四万啊！"

"一个人才更花钱呀。你平时要上班的，肯定没精力做饭。"

"可……你是怎么攒出这么多钱的啊？"美帆不由得叹了口气，"实话告诉你，我最近也试了很多省钱的法子，可愣是一点都没省下来。上个月我挤出时间自己做饭，忙活了半天，但月底一算，开销反而更大了。呃，我也不知道原来要花多少钱，反正就是越折腾花得越多。"

美帆还真没夸张。为了省钱，她去超市买了菜，打算做个上班带饭族。为此她还去杂货店买了用天然杉木做的饭盒，花了足足八千块。可到头来，她只带了一天饭，冰箱里的菜也没吃完，大部分都进了垃圾桶。为了省电，她尽量不开暖气,澡也不泡了,随便冲一把了事,结果冻感冒了,不得不去看医生。菜没吃完的负罪感转化成了压力,下馆子的频率反而变高了。自己做饭这条路大概是走不通了……美帆很是沮丧。

"你到底有多少存款啊？"

"……大概……三十万？"

"啊?! 才这么点？"真帆目不转睛地盯着美帆,"你这情况需要来一场大刀阔斧的改革啊。砍掉点固定支出呢？正所谓开源节流嘛。"

"固定支出？"

"就是房租、手机套餐这种每个月都得花的钱。"

"可你都说那是'固定'支出了,要怎么砍啊……"

"伙食费和电费再省也省不出几个钱的。要攒钱,最简单的方法就是从固定支出下手。"

嗯……美帆琢磨起来。

她很喜欢那套祐天寺的房子,住着很舒服。而且她一直以住在那里为荣。

"房租九万八？这也太贵了。那边吃饭也不便宜吧？超市也都是又贵又高档的那种。"

"差不多吧……"

"你干脆搬回十条呗,离新宿近,房租也能便宜个一两万。手机套餐呢?"

"一个月万把块吧。"

"天哪,好贵啊!我的才两千,十分钟以内的电话随便打,都不要钱的。"

"啊?"

真帆掏出自己的手机。粉红色的,还挺好看。

"是那种廉价手机?"

"对啊,我是做活动的时候买的,还有折扣呢。房租省两万,手机省八千,一个月不就能攒下三万了嘛。"

"搬回十条啊……"

"十条怎么啦?熟食便宜又好吃,折扣超市也多,还能隔三岔五回爸妈那儿蹭饭,顺便拿点小菜回来。"

"这也太……"

搬出父母家的时候,美帆拍着胸脯说,自己要自力更生了。

"爸妈开心还来不及呢。我也是每周都回去蹭饭,连吃带拿,还去奶奶家呢。她老人家也想孩子的嘛,一举两得。"

"嗯……"

"干脆搬回爸妈那儿呗!每个月给家里交三万,剩下的都存起来！多好！"

"别啊，我可不想搬回去……"

美帆垂头丧气，扑倒在姐姐家的餐桌上。

美帆心知肚明。

姐姐说得都没错。

那天真帆还提了个建议：

"那就从每天存一百块做起吧。"

"……一百块？"

美帆有种被姐姐看扁了的感觉。言外之意：多了你也不配。

"少喝一杯茶，少在便利店买个甜点就省出来了。一个月下来就是三千，拿去买基金不是很好吗？"

"基金……是在银行买的吗？"

"银行也有，但我建议你在证券公司开个户，买那种不要手续费的指数型基金。攒够了三千再来找我吧，到时候我教你。对了，开户前跟我说一声，有些机构会给介绍费的。"

"又能赚零花钱了……"真帆咕哝了一句美帆听不懂的话，得意地笑了笑。

"行，我回家的时候顺路买个存钱罐好了。"

"你傻啊，怎么能把钱花在这种地方！"

啊,好久没挨姐姐的骂了。

不过这声"你傻啊"让美帆倍感怀念,仿佛回到了童年,听着也不像当年那么刺耳了。

"去百元店①买总行了吧。"

"不行,就该把这一百攒下来。"

真帆在厨房的柜子里翻了一会儿,找出一个有盖子的小罐子。

"这罐子原本是装坚果的,是朋友送的夏威夷特产,你就用这个好了。"

说到这里,佐帆醒了,没法再聊复杂的话题了。美帆跟姐姐道了谢,回了自己家。

一天一百啊……

当时是有点不爽,可事后细细一想,这确实是自己也能实现的小目标。

第二天上班前,美帆在某西雅图系连锁咖啡厅②坐了会儿,喝着新品星冰乐③琢磨起来。

稍微起早一点,来公司附近的这家咖啡厅坐一坐,规划

---

① 类似中国的"两元店"。
② 即星巴克,西雅图是星巴克等众多咖啡品牌的发源地。
③ 星巴克的混合冰饮产品。

这一天要怎么过——美帆很享受这个过程，也能从中汲取活力。换作平时，她还要去便利店买瓶饮料，然后再去公司。

但今天的她带了个便携保温杯，里面灌了在家泡好的茶。如此一来就能省下一百五了。虽然离一千万还差得远。

省出来的一百五扔进了姐姐给的坚果罐。她打算把罐子放在办公桌上，一点一点攒。

不过……她还没下定决心按姐姐说的砍固定支出。

手机套餐签的是两年的合同，还有半年到期，到时候换正好。她也不是完全不担心廉价手机的性能，但为了可爱的狗狗，稍微有点土的旧型号她也能忍。

问题是房租……

住在东京西部是她的夙愿。而且搬回父母家或租在父母家附近，好像有点……铩羽而归的感觉？嗯，就是无法抹去"灰溜溜逃回来"或者"趁夜潜逃"的印象。

"瞧你说得，十条边上的赤羽都连着好几年闯进'最想住的地方'排行榜了，名次还挺高的呢！"

姐姐如是说。

还是找找别的省钱路子吧。对了，看看关于省钱技巧的书，听听讲座好了。跟姐姐这个外行随便聊聊，都能聊出这么多收获，找专家咨询咨询，兴许会有更好的办法。

想到这里,美帆喝了口剩下的星冰乐。

好淡。明明才喝了一半,可冰都融化了,只剩下了寡淡的甜咖啡。她总是这样,没法在星冰乐最好喝的时候喝完。

突然,美帆恍然大悟。买咖啡不就是在浪费钱吗?!

她看了看价目表。

她平时都是用储值卡买的,从来不看价钱。原来最便宜的星冰乐税前也要四百二,最普通的冰咖啡是税前两百八,便利店的冰咖啡才一百……

本以为咖啡厅和便利店的价钱也就差个百来块,那当然要选自己爱喝的了。

可有了每天攒一百块的目标,就得另当别论了。

美帆不想戒掉咖啡厅。可她只是过来坐坐,想点事情,那买冰咖啡不也行吗?以后就交替着买吧。


"这边有人吗?"

抬头望去,只见一个衣着随意、大学生模样的男生指着旁边的座位。美帆来的时候还有很多空位,没想到离开课还有五分钟的时候,会场就几乎座无虚席了。

"哦,没人。"

美帆挪开包回答道。那人算不上大帅哥,但长得还挺清秀。

"多谢。"

美帆参加的是《神奇的 $8 \times 12$》的作者黑船崇子的省钱讲座。这位黑船老师是做财务规划的,也是最近很火的省钱导师。

其实美帆没看过她的书,只是碰巧在电视上看到了她,用手机一搜,就搜到了这次讲座。

黑船老师刚出了新书,这次讲座算是造势的一个环节,入场费只收三千。美帆很中意讲座的副标题,"献给奔三奔四的男男女女,尤其是工薪族和即将踏入社会的大学生"。说实话,她也不想听那种面向家庭主妇的省钱小妙招。

在主持人简单介绍后,黑船老师郑重登场。她身材微胖,和美帆的妈妈年纪相仿。真人比电视上更胖一点。上镜显胖是常有的事,显瘦的倒是稀奇。

"我今天的目标,就是让大家都记住这个。"

黑船老师连招呼都没打,一上台就拿起笔,在白板上写下两个大大的数字。

"$8 \times 12$"。

这不是照抄书名吗?

"只要记住这个就行,牢牢刻在脑子里。谁知道八乘十二等于几呀？"

"九十六！"——台下的听众回答道。

"没错！每个月存八万，冬夏两季发奖金的时候额外再存两万，一年就能攒下一百万了，你说神奇不神奇！从三十几岁开始存，每年存上一百万，六十岁退休的时候就是三千万。要是二十几岁就行动起来，就能攒出四千万呢。买复利三个点的理财产品，几十年下来就是税前四千九百万和七千七百六十万，还怕没钱养老吗？"

台下响起介于失笑和叹息之间的声音。

"哟，是不是觉得我说的特别不切实际，就跟做白日梦似的？"

美帆下意识笑了，点了点头。眼角余光瞥见旁边的男生也在做同样的动作。

"很好，你们都中了我的诅咒，啊不，是魔法。只要听我说过一次，你就会一直惦记着'八万'。回过神来的时候，你就已经有了每月努力存八万的念头。哪怕现在存不下，也要想尽办法朝这个目标努力！你想呀，只要每个月存下八万，剩下的钱就能随便花了呀！奖金也一样，除了要扣下来的两万，想怎么花就怎么花！"

台下沉默片刻，随即哄堂大笑。因为黑船老师跟歌剧演员似的张开双臂,说得斩钉截铁。笑声也不是对老师的嘲笑,而是温暖的肯定。美帆哈哈大笑,目光自然而然撞上了边上的男生。他也对美帆轻轻点头。

"你们今天这入场费可算是花在刀刃上了。那就让我们仔细推敲一下,怎么样才能每月攒下八万吧。头一个要砍的就是固定支出。"

啊……美帆轻声惊呼。怎么跟姐姐说的一样啊?

不过,方才的大笑似乎冲淡了反驳的念头。

姐姐,真有你的。

美帆也不知道自己能不能做到,却还是跟上学时似的,老老实实翻开本子,做起了笔记。

# 第2章
# 银发族再就业

管它是什么工作呢,
先找一个试试吧。

嗡……正在看报纸的御厨琴子在低沉的马达声中猛然支起身子。

**"杜果银行 养老金存款重磅酬宾！特惠年利率2%(税前)"**。

琴子正在最新款的按摩椅上享受长达十五分钟的全身按摩。虽说是按摩"椅"，但靠背的角度跟躺椅差不多，抬起上半身还挺费劲的，可她顾不得那么多了。

"眼镜，眼镜……"

她跟昔日谐星横山靖[①]似的在周围一通摸索，目光却始终盯着报纸。

老花镜就放在按摩椅旁边的桌上。她戴上眼镜，细看那则广告。

"我瞧瞧……杜果银行，养老金存款重磅酬宾，特惠年利

---

[①] 本名木村雄二（1944—1996），著名谐星，"夹架在额头上或放在脚边的眼镜"是他的经典段子。

率2%。仅限六十岁以上的退休人群及其配偶。注……"

此类广告总是暗藏玄机,这则也不例外。琴子是个精明的消费者,当然会一字一句仔细看。那几行字小得跟芝麻似的,比正经新闻的字号小得多,老花眼看着格外费劲,言外之意——别看这些霸王条款!琴子的老花镜就是为这种场合准备的。

"特惠利率仅适用于一千万以上定期存款的前三个月,到期后下调至0.01%……嗯,我就知道。"

这种活动都会打出夺人眼球的高利率,但真正能享受高利率的时间也就一个月到半年左右,继续存下去,利息就跟普通定期存款差不多了。

不过有0.01%也不错了。毕竟在这年头的城市银行,普通账户的利息大概只有0.001%。

"傻不傻啊……"

她下意识嘀咕道。

"大环境都好起来了,还是只给0.001%,天知道被银行赚去了多少。"

可大环境就是如此,骂银行也是白费力气。

"一千万存三个月,2%的利率……大概能赚个五万?"

琴子下了按摩椅,走去厨房,从抽屉里拿出一把布满岁月痕迹的大算盘，飞速打了起来。高中毕业后，她在银座的百货商店当过售货员，觉得算盘比计算器用着顺手。

"差不多！三个月下来，利息是49998[①]块……扣完税还剩39546块……"

琴子拿起用了三年的智能机，查了查"杧果银行"。

"杧果银行……听着就不靠谱，可是都有番茄银行[②]了……"

原来"杧果银行"在九州的宫崎县。约莫十年前，它的名字还很正经，叫"宫崎商工银行"。搞这种特惠利率的一般都是地方银行。不过办手续也不用大老远跑去宫崎，只需要打电话要表单，填好了开个户，再把钱存进去就行了。

银行开出这么高的利率，当然是冲着老人家珍藏的养老钱去的。

直到几年前，类似的活动还屡见不鲜，甚至有银行发来了详细的理财计划，说"保证增值5%！"。

当时还是民主党执政，通货紧缩，大环境很不好。股价低迷，日元升值，没什么存钱的好地方，搞得琴子都有点心动了。

---

[①] 此处琴子计算的是单利，2%除以十二个月，每月0.16667%，乘以3。
[②] 真实存在的地方银行，总部位于冈山县冈山市。

"奶奶，您可别上当了！这上面只说'保证增值5%'，可没写期限啊！万一人都没了还没涨到呢？而且都不保本的，简直是诈骗嘛。"

幸好在证券公司工作过的大孙女真帆及时阻止，否则琴子可真是差点就上当了。

"这么大的银行，要不要脸啊！"真帆义愤填膺。不过后来随着安倍经济学①的出台，经济有所回暖，收益率说不定真能到5%。到时候，银行职员肯定会若无其事地找上门来，得意扬扬地推销新的理财产品。反正怎么样都不会亏到银行头上。

投资理财也太吓人了……琴子一度打起退堂鼓。但一位朋友告诉她："有个不用买理财产品的增值方法。"

说白了就是巧妙利用某些银行针对退休人士推出的特惠利率，赚点零花钱。专门找杧果银行这种短期内能给到两三个点的，打一枪换一个地方。

琴子找真帆商量了一下。孙女仔仔细细看了一遍银行的宣传册才点头说道："这倒是没什么问题。"

她还说："唉，我可真羡慕您啊。银行才不会给年轻人

---

① 日本前首相安倍晋三为挽救经济困局推出的一系列政策，主打量化宽松。

这么高的利率呢。我们才是处处都要花钱,更需要高利率的人……"

琴子很同情如此哀叹的孙女,但机会都摆在眼前了,岂有不用之理。

说"盘剥"也许是夸张了些,不过银行肯定是想在老人家身上捞一笔的,她当然也得放聪明点。

再说了,老伴辛辛苦苦一辈子给她留了这么些遗产,不好好利用起来岂不是可惜了——琴子的丈夫退休前是贸易公司的,五年前得肺癌去世了。他只在二十多岁的时候抽过一小会儿烟,所以不太做相关的检查,因为咳得太厉害而去医院的时候,已经是肺癌晚期了,转移到了淋巴结和其他部位。

动千万巨款确实挺吓人的,也很麻烦,但习惯了也就不算什么了。银行在自己的活动范围内,琴子就把钱装进登山背包,从一家背去另一家。一个月或三个月一次,倒也还好。虽然要填很多表单,但她有的是时间。

"您这么搬来搬去,就不怕被银行的人翻白眼吗?"真帆调侃道。

四个字,习惯就好。

琴子给自己定了个目标:用利息买一把按摩椅。经过三年的努力,她终于在一年前实现了这个目标,把梦寐以求的按摩椅带回了家。

不愧是售价四十多万的高档货，从脖子到脚底都能给你按得舒舒服服，按完了也不会浑身痛。每天早上躺在上面，把报纸从头到尾看一遍，成了琴子的头号享受。

然而……也许是因为大环境好转了，也可能是因为像琴子这样搬钱的人越来越多了，从去年开始，这类活动明显少了。

她都好久没见过这么大规模的广告了。

问题是——

看完活动条款，琴子就把报纸摺在了一边。

按摩椅都买好了。

如今的她也没什么特别想要的。

尽管"没什么想要的"是莫大的奢侈，多少人求都求不来。

想当年，她也是看什么都想要。特别是养孩子的时候……孩子们小时候很爱喝刚上市不久的瓶装养乐多。现在去超市就能买到，还经常搞特价，可当年还是很贵的，而且很不好买。孩子爱喝，大家又说喝了对身体好，所以琴子宁可自己少吃一顿饭，也要买给孩子。

当年的御厨家绝对不算穷。周围的人家都差不多，所以她还能放平心态。不过那确实是一个没有闲钱可以浪费的年代。

梦回往昔的琴子回过神来。

要享受杧果银行的高利率，就得先给银行打电话要资料，填好了再寄过去，还得跑一趟养老钱所在的银行，办理大额取现手续。

她第一次对这一系列的工作生出了"好麻烦"的感觉。

说来也怪——买按摩椅之前，搬钱的每一个环节都让她兴奋不已。

光是把钱从这个账户搬到那个账户，她都觉得很开心，能收获十分之一于购物的兴奋感。搞不好还有点自己在打游戏的错觉。

可现在……想想都嫌烦。

明明只要挪一下，就能赚到近四万的利息。

琴子之所以不愿动那一千万，还有别的原因。

老伴不光留下了一千万，邮局的户头也有几百万的活期存款。由于家里少了一个人，政府发的养老金少了近一半，最近她经常动用那个户头里的钱，用着用着，就只剩几十万了。

她也知道越是这样，就越是应该利用活动多赚点。可这钱一挪，至少得存上三个月不能动，万一到期前出了点要用钱的急事可怎么办。

老伴刚去世的时候,她还觉得几百万的存款根本花不完,没想到这么快就见底了。

那一千万存款是琴子的精神支柱。她本打算等以后住养老院或装修房子的时候再用,可再这么下去,怕是要提前动用了。一想到这儿,她就慌得不行。

其实从去年开始,这个问题就一直困扰着琴子。她一筹莫展,只能尽量不去想。

而杧果银行的活动,仿佛是把问题重新摆在了她面前。

"真是个幸福的烦恼。"

琴子和小森安生聊起了银行的活动,但没提"政府发的养老金不够用"。安生听后豪爽地笑道。

"是吗……"

"能赚四万啊,换我早就行动了。一百万就够吃一年了,四万不就是半个月的生活费嘛。不过我要是有那么多钱,大概会在外面多玩一个月吧。这个季节可以去泰国的曼谷……不过考山最近物价飞涨,不如马来西亚的马六甲待着舒服。嗯……待在家里看看书也不错呢。"

安生晒得黝黑的脸上笑开了花。

安生是琴子的忘年交。

前年十一月，他们相识于离家不远的家装大卖场。

那天，琴子在园艺区陷入了纠结。因为货架上摆着一个大号塑料盒，里面装满了三色堇花苗，打包价六百。

盒子里有三十株花苗。除一除，单价才二十，简直是跳楼大甩卖。八成是店家进了太多货，迟迟卖不完，眼看着卖相越来越差就降价促销了，四舍五入就是白送。

琴子蹲下身，仔细检查每一株的状态。

有的没花苞，有花苞的也干瘪枯黄。还有茎抽得老长，花都快谢了的。

但懂点园艺的人一看就知道，这种萎靡是暂时的。移栽到好一点的土里，果断剪掉徒长的茎和枯萎的花，再施点肥，要不了多久便又会陆续开花。现在才十一月，一路开到五月的长假都不成问题。

三十株确实是多了点。琴子是骑电动自行车来的，搬不了这么多。更何况自家的院子也种不下。十五株倒还……门口的空地挤一挤应该能种下。要不了一个月就会齐齐盛开，引得路人侧目。掏三百就能带回家了啊……

更让琴子揪心的是，她要是不买，这批花苗八成会被当作滞销品处理掉。一想到这儿，她就难受得不行，一阵阵地心痛。

"哇，这么大的折扣……"

就在这时，年轻男子的声音在身后响起，让琴子回过了神。回头看去，只见一个皮肤黝黑、笑容亲切的青年正站在斜后方。见对方正俯视着自己，琴子急忙站了起来。

"真便宜，好想买啊，可这也太多了……"

"可不是嘛！"

琴子脱口而出。她平时对陌生人还是很警惕的。毕竟是独居老人，兜里还有那么几个钱，天知道会在哪里碰到坏人。电视上、报纸上、偶尔在图书馆翻看的周刊杂志上有的是吓人的案例。

之所以卸下心防，一方面是因为自己正站在家装大卖场的园艺区，另一方面则是因为她发现有人跟自己想到了一起，不由得高兴。安生的长相称不上英俊，但很有亲和力，略带点傻气的笑容也让她放下了戒心。

"带回家养一阵子，肯定能救回来。"他蹲下身，轻抚花苗，"根长得挺好的，没什么问题。"

哪怕是跟萍水相逢的陌生人聊几句园艺，都能让琴子心花怒放。

"翻个盆,再摘个心①,要不了多久就精神了。"

"是啊,可我家的院子一个月前就几乎种满了,种不下这么多。当时一株还卖八十呢。虽然还有些角落空着,但也种不下三十株啊……"

"八十还算好啦,最开始要一百五呢。打折打到一百的时候,我就忍不住下手了。"

"那是该再等等的。"

"可我想早点种下嘛,这样初秋就有花看了。"

"我懂。我要是有钱,大概也下手了。"他轻抚几乎凋谢的花朵,"要是一直没人买,会不会被扔掉啊……"

"要不买了对半分?"——也不知是谁先说出口的。两人相视一笑。

"对嘛,干脆对半分吧。"

琴子本想多出点的,但安生一口回绝了。

听安生的口气,便不难判断出他的手头并不宽裕。即便如此,他还是坚持平摊买花苗的费用,可见这人是不小气的。琴子对他印象不错。结完账分花苗的时候,安生告诉她,他家在十条商店街的另一边,是一栋小小的独栋房,带个院子,

---

① 摘心:即打顶,将植物枝条的顶部掐掉。

有些年头了。

他说他是骑摩托车来的，可以帮忙把琴子那份送到她家。但琴子还是婉言谢绝了。

毕竟她当时还不清楚安生的底细，以为人家"有家有室，孩子还小，所以手头紧"。她还在心里瞎猜，"那人之所以大白天来家装大卖场，大概是因为他跟真帆的老公一样要轮班，今天刚好休息"。

后来，琴子时常在家装大卖场和十条商店街遇见安生。记住对方的长相后，她意识到他们擦肩而过的次数多得出奇。

每次看见琴子，安生都会笑眯眯地凑上来搭话，仿佛是见到了老熟人或旧情人。"您家的三色堇怎么样了？我家的都开啦。""最近可真冷啊。""元旦前是不是得再修一修啊？"……

开春时，安生问："要不要一起喝杯茶？"琴子心中警铃大作，生怕碰上传教之类的麻烦事。可她转念一想，要真是这样，严词回绝就是了。于是他们就结伴去了一家廉价咖啡厅。

一聊才知道，安生岂止是没孩子，连婚都没结，也没有固定工作，一年有一半的时间不在家，不是出国旅游，就是去外地打工。而他之前提过的独栋房是他奶奶住过的老房子，房龄都五十年了，现在没人住，就暂时由他打理着。

琴子还发现，他是个重度"奶宝男"。

"奶奶当年把院子打理得可好了。我虽然没几个钱，可也不能眼睁睁看着它荒废呀。"

听到这话，琴子就彻底放心了。

"不过话说回来，亏您能攒下那么多钱——"

安生说要出国一段时间，于是今天来了一趟，把家里的钥匙交给了琴子。他不在的时候，琴子会去帮忙浇浇花，顺便开窗通通风。

直到去年，他还是找邻家婆婆帮忙的。但婆婆年纪大了，身体不好，在去年秋天搬去了横滨的女儿家。琴子便接手了这项工作。

"奶奶，您怎么能让那种人进家门啊?!"听琴子提起安生，孙女真帆顿时眼神一凛，"万一是小偷或者强盗呢!"

"他家的备用钥匙还在我手里呢。"

"万一是让您放松警惕的陷阱呢!"

"嗯，话是这么说……"

"都没个正经工作。"

安生的确没有固定工作。

但认识安生之后，琴子渐渐觉得，"没有固定工作"才更考验一个人的人品好不好，为人正不正派。听说他常去冲绳和北海道做那种季节性的兼职，无论在哪儿都能迅速融入环境，学东西也快。这能从侧面说明他敬重老人，谁说的话他都会用心倾听。正因为如此，他才能过那种候鸟般的生活。

而且上门打理老房子时，琴子跟安生的邻居们聊过几句，发现安生的背景和现状与他本人的描述并无出入。

总之，琴子现在还是很信任他的，对他也颇有好感。

"回头给您带点土特产。对了，院子里的豌豆跟荷兰豆快熟了，到时候您随便摘。"

"那我就不客气啦。"

这个季节也不用经常去浇水。地栽的花草，一周浇一次足够了。当然，拿养老金的琴子有的是时间，哪怕需要多上门几次也不成问题。

"太感谢了，多亏有您在。"

就是在这个时候，琴子无意中提起了柠果银行的活动和特惠利率。

"对我来说，攒下那么多钱简直比登天还难啊。"

唉，不该多嘴的，这么说会暴露自己有多少存款呀……琴子有那么一点点后悔。

安生却好像完全没察觉到琴子的疑虑，没心没肺地笑道。

"这也不算什么啦。我这个年纪的，兜里都有点钱的。"

"是吗？我奶奶刚走的时候，我从佛龛里翻出了好几张旧版的一万块和一百块的纸钞①，肯定是奶奶藏着的，她大概是觉得能升值吧。算得上'财产'的也就那几张钞票了。"

"不是还有一栋房子嘛。"

"那么老的房子，拆了也只能拿去烧洗澡水。"

"话不能这么说嘛。老房子卖不上价，可还有十条的地皮呀。虽然地价不能跟泡沫时代比，但也能值不少钱了。"

"是吗……您的钱是省吃俭用攒下来的吗？"

"我也没动过什么脑筋，就是运气好，赶上了个好时代。"

琴子摇了摇头，不想多提自己的存款。但安生似乎没注意到，继续问道：

"因为赶上了战后经济奇迹②和泡沫经济？"

"那也是一方面吧。我们这代人刚踏上社会的时候，起薪也就一万左右，可是到退休的时候，工资涨了足足五十倍呢。正因为经济一直都在稳步增长，我们才能过上好日子。"

琴子也想赶紧打住，可就是忍不住。她并不讨厌这个话题。

---

① 现在的一百日元只有硬币，没有纸币了。
② 二十世纪五十年代中期到七十年代初，日本经济持续高速增长，人称"战后经济奇迹"。

报纸和电视看得多了,她也自然而然形成了自己的观点。

"现在的年轻人就没有时代红利可吃了,我还挺同情他们的。"

她轻声嘟囔道。

"至于怎么攒的钱……我一直在按我妈说的记账,也就这一点能拿出来说道说道了。"

"记账?"安生怪叫一声,"那是离我最遥远的字眼了。"

"我妈是大正十三年出生的,就是一九二四年。其实一九〇四年的时候,也就是日俄战争那年,就有女性杂志推荐大家用家庭账簿了——"

唉,年轻人肯定对这些不感兴趣。但他好歹会装出在听的样子,也会适时附和两声。

琴子觉得,这人大概是个天生的万人迷。

跟小森安生聊过之后,琴子还是下不了参加银行活动的决心。

要存就得赶紧打电话去银行要资料,还得趁早去现在存着钱的银行办手续……她想了很多,可就是没有行动起来。

换作以前,她早就兴冲冲地忙活起来了。如今却只会躺在按摩椅上发呆。

安生说得有道理,她完全可以把利息用作生活费。但这个念头仿佛是把"养老金不够花、手头的钱不够用"的现状摆在了她面前。

琴子不禁长叹一声。声音响到她自己都能听见——啊……我在叹气。

越是这种时候,就越是应该记记账,好好规划规划!琴子一个鲤鱼打挺,坐了起来。

六十岁从贸易公司退休后,老伴去子公司当了董事,工作到了六十五岁。

然后夫妻俩就开始领养老金了。家里有两个人的时候,每两个月能领将近二十六万。

这个金额着实不算多。但那时邮局的户头里还有很多钱,他们也经常出去旅游,从没有过"钱不够花"的感觉。

可如今家里就剩她一个了,每月的养老金也变成了八万左右。

不过她起初也没多想——"反正接下来也没什么要花钱的地方了。省吃俭用,守着这栋房子,安安稳稳过下去就行了。"

奈何事与愿违。

无论是"做一人份的饭"还是"做两人份的饭",花的钱都差不多。而且老伴走后,老友约她出门的频率明显变高了。

"赤羽新开了一家意大利餐厅,找个中午去尝尝呗?""要不要去福岛吃桃子?"……每个月都能接到这样的邀请。老伴在世的时候可没这样。

既然要出门会友,就不能总穿一样的衣服和鞋子。

倒也不是不能推掉,但琴子觉得,对上了年纪的人来说,和亲朋好友共度的时光就是最宝贵的。老友们也常说,反正钱是生不带来死不带去的。

可要是以后生了病,需要请人照顾,天知道要花多少钱。

"反正也带不进棺材,花光拉倒。""有多少钱都不够用的,还是得省着点花。"——这两句相互矛盾的话,往往是从同一个老人的嘴里说出来的。

琴子前些天才听一位朋友提过:"请护工一年要九十多万,五年下来就是五百万呢。"所以她说什么都不能动那一千万。

要是老天爷能给我透个底就好了……琴子边翻开账簿边想。

最好来个神仙明明白白地告诉她"你能活八十岁,最后是得癌症死的,不需要请人照顾",或者"你不会得大病,七十八岁的时候会在睡梦中死去",又或者"你会因摔倒卧床不起,记得多攒点钱"。

刚听到的时候怕是会被吓哭,可知道未来会发生什么,好歹能松口气吧。

然而,现实中并没有这么仁慈的神仙,所以她保留了记账的习惯,尽管这也许只是心理安慰。

开始领养老金之前,琴子很是焦虑。不过在书店看到各种"老年生活账簿"和"养老金账簿"时,她便放下了心头的大石。

和普通家庭账簿不同的是,这种账簿是从发放养老金的"十五号"算起的,记录医疗支出的空间足够大,两个月[1]结算一次,很是方便。

"老年生活账簿"由开山鼻祖羽仁元子[2]的设计改进而来。熟悉的封面样式让琴子不由得感叹:"羽仁老师就是厉害。"

一番比较后,琴子决定第一年用"老年生活账簿",第二年以后换成更简单也更便宜的养老金账簿。

琴子打开账簿,从钱包里拿出昨天的超市小票,仔仔细细抄录金额。

抄着抄着,便觉得心境平静了许多。

---

[1] 日本的养老金是两个月一发。
[2] 羽仁元子(1873—1957):日本第一批女性记者,自由学园及妇女之友社的创始人,也是日式家庭账簿的设计者。

安生出国一周后，琴子接到了儿媳智子的电话。

"妈，好久不见。"

不同于两个孙女的是，儿媳专打家里的座机。

年过五旬的智子还在用老人机，好像也没打算换智能机。

"妈妈也太落伍了！换个智能机就能随时发 LINE 了呀。总觉得我家的座机是专门为她养着的。"

以真帆为首的小辈怨声载道。其实智子那代人往往比琴子这样的老人家更保守。智子比在公司上过电脑课的那一批人稍稍年长一些，对机器和网络抱有畏难情绪也是在所难免的。"女儿们用得很好，妈妈有什么问题都能帮着解决"恐怕也是原因之一。

遇到不懂的事情，智子的第一反应还是查字典或去图书馆查书。查了还是不懂，她就会打电话给女儿，让她们上网查。

"是这样的，妈，我想请您帮个忙……"

琴子顿时一慌——她不会是想让我帮忙查个什么东西吧？

"过年的时候不是做了很多年菜吗？"

"啊？年菜？年菜怎么了？"

琴子没想到儿媳会提起年菜，直接被问蒙了。

"我不是报了个英语班嘛——"

智子素来热衷报兴趣班，可谓是求知若渴，这一点连琴子都颇感佩服。在二十多岁时经历了泡沫时代的女人好像都有这种倾向。瑜伽、网球、插花……智子上过各种各样的兴趣班。而且她上学的时候是法国文学专业的，英语课和法语课一直都没停过。哪怕孩子们上了高中和大学，学费开销最大的时候，她也会去区里的文化宫上便宜的外语课。

听说她的梦想就是等和彦退休了跟他一起坐豪华游轮出去玩，用英语和法语跟外国人聊天。

不过，她从没提过"您到时候也一起嘛"。

琴子倒也不想坐船，可偶尔也会在心里嘀咕："你好歹问我一声呢，哪怕只是社交辞令也好啊。"换成孙女，她就不会有这种念头，可是碰上儿媳，就难免会有点怨气。

琴子觉得自己已经很主动了。智子会笑着接受她伸出的手，可一旦想把手伸得更深，定会被一把打开。

当然，琴子并没有真的"挨过打"，可她总觉得这些年下来，儿媳一直都没能跟自己交心。

"哦，是吗？这么多年来能坚持下来也怪不容易的。"

琴子随声附和道。她肯定是不会将这些不满说出口的。

"因为艾伦老师人特别好，每周都聊得可开心了。"

"那真是挺好的。"

"前一阵子，我们在课上聊了聊元旦是怎么过的，大家都带了照片。"

智子上的英语班不光教日常会话，还有这种讨论环节。

"我带的是年菜的照片，结果大家夸个不停，说那些菜卖相好，还让我传授做法呢。"

你还当真了啊——琴子忍俊不禁。

"应该是随口说说的吧？"

"我本来也是这么想的，一问才知道人家是真心想学的。"

"老外学什么做年菜呀……"

"不是老师，是班上的同学，她们都想学。"

"你那些同学很年轻吗？刚结婚？"

琴子心想，年轻人有这个反应倒也正常，可年菜各家有各家的味道，怎么不找自家爹妈呢？

"还真不是。年轻人也不是没有，但很多同学跟我差不多大，还有年纪更大的呢。"

智子给琴子解释了一下。她这代人结婚后，一般都是在婆家过年。如果婆家没有自己做年菜的习惯，直接买现成的，那她们就一直没机会做了。

等公婆去世了，轮到自己张罗年菜了，就不知该从何下手了，没了方向。

"可我们家的年菜也没什么稀奇的啊。市面上有的是年菜的菜谱,年底的杂志上也会搞特辑介绍的,照着菜谱做不就好了?"

"话是这么说啦,可是在这个年纪尝试一件从没做过的事,可能还是挺难的吧。"

"哦……"

"一次做一整套多费事呀,所以我就想让她们每个月来我们家一趟,喝喝茶随便做几道。您能不能来搭把手呀?小鱼干和双色蒸蛋的做法本就是您教我的,与其让我教,不如直接请您出山。"

"哎哟,我这水平哪儿能教别人呀?"

话虽如此,琴子却不觉得反感,甚至还挺开心。

智子这人就是这么直率可爱——片刻前的怨气烟消云散。

最终,她答应了智子,在一个月后开班授课。第一堂课就教最经典的"栗子金团""筑前煮"和"小鱼干"吧……两人越聊越起劲。

"年菜烹饪班"大获成功。

据说智子是收了学费的,一人五千,包括茶水费和材料费(收材料费也就罢了,竟然还收了学费?!琴子大感惊讶),

但很快就招到了六个学生，还有好多人排着队等名额。

学生之一带了个美国朋友来，促成了一场意料之外的国际交流。有人用智能机拍了好多照片发到了网上。

智子提前准备好了讲义，写明了配料和制作步骤，上课的时候一人发一份，边讲解边操作。可能是因为她上过各种兴趣班，所以特别熟悉流程。

在厨房和客厅做完菜，再把成品和糕点端上桌，喝喝茶聊聊天。

"妈，今天真是辛苦您了。"

大家走后，智子鞠躬道谢。

"客气啥，我还挺享受的呢。"

这倒是琴子的肺腑之言。见见人说说话还是很开心的。

学生们都很尊敬她这位长辈，问东问西，这也让她满心欢喜。起初还有点放不开，直说"我也没什么好教你们的"，可不知不觉中，她就聊起了育儿心得和晚年生活。

临走时，智子递来一个写着"酬金"的信封，说："这是给您的。""使不得使不得……"琴子再三拒绝，儿媳却说："一家人也得明算账。"硬是把信封塞进了琴子的包。

"您要是不收，以后哪儿还好意思再找您呀。我自己也拿了一份呢。"

智子调皮地笑道。

回家一看,信封里装着一张五千块钞票。

咔嗒。唰。琴子应声转醒。

三月的清晨寒气未消。她套上床边的摇粒绒睡袍,来到昏暗的走廊。睡袍是孙女们送的,说她原来穿的日式棉袍厚重又不保暖。新衣服确实轻便柔软,搞得她再也没穿过棉袍。

她走去门口的报箱,取了早报。

"咔嗒"是掀开铁皮报箱盖子的声音。"唰"则是投递员把报纸塞进报箱的声音。只要睡在门口的小房间(原来的儿童房),大清早四点就会被这两种声音吵醒。

拿到报纸后,她没有回房,而是沿走廊径直走进一体式餐厨,然后打开咖啡机,翻开报纸。

她最近养成了一个新习惯:先粗略浏览一下报纸各个版块的大标题,然后从传单看起。

智子给的五千块大大扭转了她的心态。

她很开心。那是一种纯粹的喜悦——原来我还能赚钱啊!

那天晚上回到家,拿出信封里的钞票时,无法言喻的欢喜涌上心头，阔别数年的满足与感动洋溢心田。她都好久没在账簿上写过"养老金"以外的收入了，那叫一个自豪。

这种欢喜是如此强烈，强烈到让她手足无措。起初她甚至担心自己是不是病了，犯了心悸。

原来我想要的是钱啊……琴子躺在床上琢磨起来。有点肤浅，也有点可悲。但她转念一想，不，应该不只是为了钱。也许自己想要的，是他人的感谢。

她觉得这个结论很接近自己的真实感受。可即便是现在，帮忙带一下重孙女就能得到真帆的感谢。帮忙浇花，也能换来安生的感激。

也就是说，我既想得到感谢，又想要钱？所以……我是想找个工作干干吗？想及此处，琴子心头一跳。

找工作？七十三岁的人了，随时都有可能病倒。孙女们都时常半开玩笑地问："奶奶，您不会是糊涂了吧？"

不会的，不可能。琴子摇了摇头。

电视上天天都在嚷嚷什么"全民发光发热的社会"，但七十好几的人怎么可能出去工作呢。

要是再年轻十岁，倒还……

那一夜，琴子在苦恼中坠入梦乡。

谁知第二天，她就不费吹灰之力找到了自己能做的工作。

"诚招楼房清洁工！无年龄和经验要求，欢迎新手和银发族。"

她发现报纸里夹着这样一张传单，小心翼翼拿起来看了看。

原本她一门心思想着靠自己的存款和养老金过日子，可说不定……还能再赚点钱。这份期待激励着她，鼓舞着她。

打那以后，她便养成了每天早上仔仔细细看报纸传单的习惯。看着看着，又发现了一张招聘"家政阿姨"的传单。招人的是一家家政公司，新人要经过培训才能正式上岗。眼尖的琴子自然没有错过那句"欢迎银发族"。

又过了几天，她在十条商店街的便利店听到了一段店内广播，也是跟招聘小时工有关的。

"——本店诚招兼职伙伴，家庭主妇、新手、银发族和外国友人均可应聘。欢迎您成为××便利店的一分子！"

琴子听得入了神，都顾不上买东西了。

劳动力短缺，全民发光发热的社会……搞不好都是真的……一大清早，琴子看着报纸心想。

"想找个工作"——这个长久以来羞于启齿的念头，也许并不是奢望。

"嗯……七十三岁啊……"

看起来和安生差不多大的便利店店长（自我介绍时，他说他姓斋藤）歪头看着琴子的简历。

见人家一脸为难，琴子顿感浑身先烫后凉，真想转身就走。

她来到了商店街那家号称"诚招银发族！"的便利店，鼓起勇气在收银台问了一声："呃……我也能应聘兼职吗？"此刻坐在她面前的年轻人回答道："当然能啊，我们欢迎还来不及呢！下回带上您的简历吧！"说完还深鞠一躬。

谁知……

"不好意思啊，因为您看着太年轻了，不像七十几岁的人……我还当您不到六十呢，最多六十出头……"

天知道这是恭维还是真心话。此刻的琴子听了，着实是一点都高兴不起来。

"我是压根没想到您都七十多了……背景也没的说。"

"我还是不够格啊……"

这就不是我这样的老太婆该来的地方——琴子羞得无地自容。

"不是的，不是的……"斋藤举起双手摆了摆，做了个看不出是否定还是肯定的手势，"总部那边是没有明文规定的，可是吧……现实情况是，之前请的几位七十多岁的老人家适应得都不太好，没多久就辞了。毕竟除了收银机，店里还有各种终端和机器要操作,有些人就是记不住。"

要是再年轻个十岁就好了……

琴子灰溜溜地逃出便利店时,身后飘来店长的嘟囔。


我想找个工作。

琴子能实现这个小小的心愿吗?不,对年过古稀的老人家来说,这无疑是个宏大的梦想。

被便利店拒之门外后,琴子忍不住给身在国外的安生发了条短信,想征求征求他的意见。有些事不好意思跟家人和亲戚说,跟他这个外人聊聊却没什么心理负担。而且直觉告诉琴子,他应该不会泼冷水的。不过比起"征求意见",这条短信更像是在"发牢骚"。

不出所料,他很快就回复了。


餐厅服务员、家政阿姨、托班助理、保安、物业管理员、护工、大楼清洁工、病号餐配餐员、学生餐配餐员、园丁、停车场协调员、托儿所助理、后厨助理……

我在网上随便一搜,都能搜出这么多六十五岁以上的人也能应聘的职位。

听说东京好像还有老年人就业援助中心,有专门面向老人家的就业咨询服务呢。

要不您找个时间去看看？

等您的好消息！

不难想象，远在异国他乡的安生在收到短信后立刻上网查了查。

琴子心中满是感激。最后那句"等您的好消息！"深深打动了她。

哪怕是冲着安生，她也得再拼一把。

琴子重新点燃了因求职受挫而险些熄灭的斗志。

"您得先想明白'我为什么想工作'——"

老年人就业咨询窗口的工作人员开口便道。

"不然找起工作来就跟无头苍蝇似的，最后不是找不到，就是找到了也干不长久。"

"啊……"

琴子去了趟就业援助中心。本想约个时间就走，却被告知"就业咨询不需要预约，来了就能安排"，于是她就当场拿了号。等了约莫半个小时，一位四十多岁的女性顾问就把她叫去面谈了。

"您带简历了吗？"

"没……我没想那么多，不知道今天就能轮上。"

对方很是耐心地听琴子描述自己的背景和经历，输入电脑。

"您结婚前在银座的百货店上过班，没有别的工作经验是吧？"

"嗯……"

顾问态度友善，没有一点高高在上的感觉。

可琴子还是有种"人家嫌弃我没工作经验"的感觉，下意识垂下双眸。

在银座的时候，她是一楼围巾手帕专柜的销冠。老伴也是她上班时认识的——他在附近的贸易公司上班，每天都来店里买手帕。买遍专柜的男士手帕之后，他便向她表白了。可现在说这些也不顶用。

"您有什么爱好或特长吗？很多人会在找工作的时候发挥专长的。"

"……我也没什么特长……"

琴子的爱好就是买便宜的花花草草回家养。枯了的花到了她手里都能重焕生机。可这样的工作上哪儿找啊。对了，她会算利息，但对经济的了解仅限于此。还有就是，她一直保持着记账的习惯。

但这些似乎都称不上"职业技能"或"特长"。

琴子的声音越来越轻。

"没什么拿得出手的……"

"可您是有孩子的人,肯定做过家务、带过孩子呀?这也是正儿八经的经验。"

琴子总算抬起了头,挤出一个微笑。

"您过奖了。我这样的老太婆就不该出来找工作的……"

"话可不能这么说,找工作的老人家多了去了,只是您可能需要梳理一下自己的想法。"

顾问列举了几个"想工作的理由"。"想为他人和社会创造价值""想施展自己的技能""想发挥自己的爱好""想帮助别人""想跟社会保持联系""想提升自己""想赚取收入"……

"这只是一小部分。当然,理由可以是多方面的。在正式找工作之前,您可以再琢磨琢磨。"

回家路上,琴子回想起顾问给的每一条建议。

为什么不敢告诉人家"我想赚钱"?

琴子不由得痛感原来自己还挺要面子的。

不求正式编制,也不想上全班。每个月赚个三四万,日子就好过多了。

干吗不实话实说呢?

每月多出几万的收入,就不必动用存款了。外出旅游、买园艺用品的时候也不用再犹犹豫豫了。不过搞园艺本身也花不了几个钱,因为她专挑打折货。

要是能帮到年轻人就更好了——这也是她内心深处的愿望。交几个新朋友也不错。努力工作,多给孩子们留点,对他们也没坏处。

什么职业是符合这些条件的呢?保姆?哦,现在都改叫"家政阿姨"了吧。

琴子倒是不讨厌做家务,却也没喜欢到能奉其为事业的地步,也不是特别擅长。

而且吧,她好不容易熬到了不用伺候家里人的年纪,也懒得从头再来了。不太想当护工和清洁工,也是出于同样的理由。如果可以的话,她还是想干回老本行,当个售货员。毕竟熟门熟路,她也爱跟顾客闲聊。

这真是奢望吗?

"说句不该说的啊,其实靠熟人介绍找到工作的老人家还挺多的,您不妨告诉亲朋好友自己在找工作,发动他们帮忙打听打听。"

面谈快结束的时候,顾问提了一嘴。

"哦……可惜我没什么能帮忙介绍工作的亲戚朋友。"

她只跟安生提过,但他自顾不暇,怕是指望不上了。

"您可别先入为主了。有时候啊,工作就是从意想不到的渠道来的。了解您为人的人帮着介绍是最合适的,比看简历靠谱多了。"

那人嘴上这么说,其实只是拐弯抹角地赶人吧……

琴子长叹一声。


收到安生回复的一周后,孙女真帆前来探望。

琴子平时常跟真帆发LINE。她无意中提到"昨天安生给我发短信了",结果收到了真帆洋溢着怒气的回复:"您还没跟他断干净啊!"

——他人挺好的,没你想的那么糟糕啦。

——您可别稀里糊涂的啊,当心被人家吃干抹净!

——瞧你说的(笑)。

——这可不是闹着玩的!

过了一会儿,真帆发来一句"我不放心,明天去一趟帮您把把关!",还配了个"怒气冲天"的表情。

真拿这孩子没办法……琴子耸了耸肩。

真帆总把"不放心奶奶"挂在嘴边,可真正把奶奶"吃干抹净"的其实是她自己。

她每次来都要蹭上两顿饭。午饭自不用说，还要提前把晚饭解决了，再打包一份小菜带回家给老公吃，连冰箱里的熟菜都不放过。家里囤的蔬菜水果、逢年过节收的礼品也要扫荡干净。

"奶奶，这个真好看，送我呗。"——岂止是吃的。一不留神，新买的毛巾、床单和地垫都会被孙女卷走。还记得有一次，真帆盯上了琴子批量采购的纯棉内裤，急得她一把抢了回来，说："你才二十几岁，可不能穿这种款式！"

她与儿媳（也就是真帆的母亲智子）私底下送了真帆和佐帆一个雅号——"小土匪"。小土匪们当然也常回父母家打秋风。

其实琴子也没她嘴上说的那么不乐意，就是怕一不小心把积蓄花光了。能见到可爱的孙女和重孙女，还能开开心心地打发点时间，她求之不得呢。

真帆也懂奶奶的心思，所以才敢肆无忌惮地打劫。要是能为小辈们多挣点钱就好了……

第二天下午，真帆带着佐帆找上门来，草草打了声招呼便问："奶奶，您到底跟他说啥了？"

琴子早有思想准备。孙女要是知道她提了自己的积蓄和母亲的账簿,还跟人家商量过找工作的事情,怕不是要狠狠批斗一番。

"怎么能提利息啊!一算就知道您有多少存款了呀!"

真帆最先批评的果然是这一点。但她随即话锋一转,笑道:"您攒了一千万啊?"

到底是在证券公司干过的。光凭"利率2%"和"三个月能赚四万不到"这两条线索,她就心算出来了。

"可我没说存折和印章藏在哪儿呀。"

"说了还得了,不得连夜搬家啊!"

"他没你想象中那么坏啦,改天介绍你们认识。"

"我才懒得认识他呢,为了您就勉为其难见一面吧。到时候把我老公也拉上,得让他知道您这儿有的是人盯着。"

撇开那些乱七八糟的目的不谈,琴子觉得让住在一个地方的年轻人互相认识一下也挺好的。

"行,等他回国了,我再跟你说。"

"哎哟,听着跟您交了个小男朋友似的……"真帆瞪了奶奶一眼,然后问道,"怎么还聊起账簿了呢?"

"哦,我没怎么跟你提过我外婆和妈妈的事吧。"

"没有。"

还真是。其实琴子和两个孙女的妈妈智子聊过这方面的话题，可儿媳脸上似有几分不耐烦，像是嫌她啰唆。打那以后，她就不再跟家里人聊了。

不过……细想起来，儿媳和孙女到底还是不一样的，孙女说不定还肯听她唠叨两句。毕竟故事的主角也是真帆的祖先。

"这说来可就话长了。我外婆和妈妈一直都有记账的习惯，打仗那几年也没断——"

琴子娓娓道来。

一九〇四年（明治三十七年），妇女之友社在羽仁元子的指导下出版了日本首批家庭账簿。据说羽仁元子为《妇女之友》杂志的"家政问答"专栏撰写了不少文章，针对读者的家庭财务问题提供建议。

琴子的母亲牛尾峰出生于一九二四年，比家庭账簿小了二十岁。她当年常说"我是大正时代的女人"，但算不上家庭账簿的第一代用户，第二代、第三代还差不多。琴子的外婆是女性杂志《主妇之友》的忠实读者，母亲也是"主妇之友派"的。

母亲说，外婆更喜欢走平民路线、主张"新时代新主妇"的《主妇之友》杂志，说"羽仁老师太严厉了"。一九三〇年，主妇之友社出版的"模范家庭账簿"刚上市，外婆就买回家用了起来，还一直以"我是从第一版用起的"为荣。直到去世前不久，她都一丝不苟地记着账。

母亲结婚成家后，也自然而然用起了主妇之友社的家庭账簿。这款账簿熬过了艰苦的战争年代，一直沿用至今，改成了"生活账簿"。

琴子粗略讲述了家庭账簿的历史。本以为这些陈年旧事难以勾起孙女的兴趣，谁知真帆听得津津有味。

"我懂我懂！市面上原本有好几种介绍省钱诀窍的杂志，好比 *Thank You!*（《谢谢你！》）、《好太太》、《早安太太》……我妈常买《好太太》，但我更喜欢时髦的 *Thank You!*。可惜《好太太》和《早安太太》都停刊了。"

"战后创刊的《生活手帖》也是很有名的女性杂志，跟《主妇之友》和《妇女之友》斗得你死我活。"

女性杂志也是个很有意思的话题，只是再这么聊下去，天知道什么时候才能说到最关键的账簿，琴子赶紧言归正传。

"我妈用的一直都是主妇之友社监制的家庭账簿。哪怕是打仗那几年，出版社都坚持下来了，那是真不容易啊。"

"哦……"

琴子说得慷慨激昂，真帆却只是点了点头，轻拍佐帆的背。孩子刚吃饱,睡得正香。

年轻人大概体会不到其中的艰辛吧。想到这儿,琴子心里空落落的。

"我可一点都没夸张。我是打仗的时候出生的,对那个年代都没什么印象了,但我知道当时是什么东西都不够用,搞出版简直比登天还难。这也能从侧面说明大家对家庭账簿有多么重视。"

"我知道我知道,上学的时候老师讲过的,看电视也能了解个大概。"

真帆许是被琴子的气势惊到了,苦笑着说道。

"只有一九四三年和一九四五年——也就是大战结束的那一年没出。然后日本就迎来了一场不得了的通货膨胀,物价飞涨。"

"跟前些年的通货紧缩正好相反是吧。"

"原本卖五十块的东西,没几天就会涨到一百块。钱根本没法用,只能拿衣服去换,或者去黑市上买。即便是在那样一个年代,大家还坚持用着家庭账簿呢。"

"钱的价值都乱套了,账肯定很不好记吧。"

"大战结束那年,我妈用的是自己做的账簿。她给我看过,上面没记多少进出款项,却详细记录了每天发生的事情,乍看跟日记似的。当年的日子肯定很难过,那本账簿大概成了她的精神支柱吧。"

日本宣布投降的八月十五日和那之后的几天反倒一个字都没记。这似乎能体现出母亲当时是何等心乱如麻,令琴子印象深刻。

"然后在大战平息的第二年,妇女之友社发起了'记账到底'运动。"

"记账到底?"真帆笑道,"是字面意思吗?"

"就是那个意思。出版社是想号召大家在动荡的大环境下坚持记账,日后提交给有关机构,这样就能统计出各种数据了。多亏了那些账簿,后人才能相对准确地掌握那个年代的家庭财务数据,包括所谓的恩格尔系数①什么的。"

"日子好起来以后,账就好记多了吧。"

"我觉得应该这么说……"琴子转向真帆,"正因为有记账的习惯,大家才能熬过那段日子。"

"啊?"

"这么说可能有点夸张,但我一直都觉得,正是那些坚持

---

① 食品支出与家庭消费支出总额之比。可体现家庭或个人的消费情况,数值越大,则说明生活水平越低。

在动荡年代记账的家庭主妇——换句话说，就是受过一定教育，又有坚定意志的家庭主妇，在幕后推动了日本的战后复兴。当然啦，复兴的因素肯定是多方面的，这只是我个人的一点小想法啦。"

"有道理啊……"

今天的奶奶好热血啊——真帆笑道。

才刚聊到这儿，佐帆就醒了，于是琴子没提自己想找工作的事情。她到底还是没好意思告诉孙女"养老金不太够用"。

"来，佐帆，给太奶奶抱抱。"

琴子接过沉甸甸的佐帆。孩子身上湿漉漉的。刚醒的重孙女用哀伤却清澈的眼睛看了琴子一会儿，然后放声大哭。

"佐帆，是太奶奶呀，不哭不哭。"

真帆想把佐帆接过来，琴子却继续抱着，哄着。

她边哄边想，要是能时不时像这样帮孩子们分担点生活的重压就好了。

那一刻，琴子忽然下定了决心。

管它是什么工作呢，先找一个试试吧。虽然顾问建议她先理出个方向再找，可她都一把老骨头了，天知道还能干几年。说不定干着干着，就知道自己适合干什么了呢。

"打扰了，请问是御厨琴子女士家吗？"

几天后，琴子接到了一通彬彬有礼的电话。

"呃，我是斋藤……"

"啊？是哪位斋藤先生啊？"

"啊，不好意思，我是××便利店十条分店的斋藤。"

原来是之前去面试过的那家便利店的店长。光听声音实在反应不过来。

"哦哦，那次真是麻烦您了。"

一个没资格在便利店打工的人不请自来，浪费了人家宝贵的时间，道个歉也是应该的。

"不不不，一点也不麻烦。您要是再年轻个几岁，我肯定举双手欢迎啊。"

老人家也不喜欢别人老拿自己的年纪说事。更何况，她之前就是因为年纪才被拒之门外的，这不是哪壶不开提哪壶吗？

"请问您后来找到工作了吗？"

"还没……"

琴子说她去过就业援助中心，还找顾问咨询过。

"不过我想了想，还是决定先找个工作干起来，已经给家政公司和清洁公司投了简历了，"琴子自嘲地笑了笑，"人家要不要我就是另一码事啦。"

"太好了!"

"啊?"

"哦,不好意思,其实我今天打电话找您,是想跟您商量一件事……"

"什么事啊?"

"是这样的,车站南口的凑屋——"

琴子知道"凑屋"。那是十条的老字号日式糕点铺,大战刚结束的时候就开了。店面离商店街有点远,平时不太路过,但需要买伴手礼的时候,凑屋就是首选。

"凑屋准备了好些年,总算要在十条商店街开分店了。"

"是嘛,那以后就方便多了,挺好的。"

"说是分店门口要搞个卖糯米团的小摊子,走进去是几排玻璃展柜,最里面还有堂食区呢。"

"哇,这么讲究啊。"

"所以他们想找个年纪大一点的,呃,就是老人家,呃,老婆婆,专门管门口那个小摊子。"

"哦?"

"前些天,我跟凑屋的人刚好在狮子会①聊起了这个话题。

---

① 组织志愿者服务的国际性民间团体。

对方长吁短叹，说形象合适的'老婆婆'还挺难找的。一眼看过去清爽利索，做事稳重靠谱，能当活招牌的那种……我立刻就想到了您，觉得您特别合适。"

"啊？我哪儿行啊……"

"不不不，您绝对可以！您的外形就是那种典型的可爱老婆婆，背景也没的说。不瞒您说，我都跟凑屋提了，对方也很感兴趣，让我务必牵个线呢。"

"可你那天不是还说我看着很年轻吗？"

"呃，当时是因为……"

琴子仿佛能看到斋藤抓耳挠腮的模样。

"怎么说呢，当时不是怕您不高兴嘛，就稍微夸张了那么一点点。但这份工作真的很适合您，您看起来绝对有六十五岁。"

"你这人也太实诚了。"

"抱歉抱歉……"斋藤开怀一笑，"其实我这些天一直都惦记着您的事。"

"为什么啊？"

"您年纪是不小了，可眼睛炯炯有神，看着特别有干劲。我是真的很想请您来我们店里上上早班，打打扫卫生。不过您在凑屋肯定会更受重用的。"

093

斋藤问"能不能把您的联系方式告知凑屋"。确定琴子同意后,他便挂了电话。

琴子很是茫然地放下了听筒。怎么说呢……这就叫"工作来了,挡也挡不住"吧。

天知道对方肯不肯录用她。即便最后录用了,她也不知道自己能不能干好。

不过她都好久没有品味过这种"被人需要"的感觉了。

上一次,搞不好还是来百货店买手帕的老伴说"做我的女朋友吧"的时候。琴子的眼眶微微发热。

# 第3章
# 冲呀！攒够一千万！

人不亲眼看到实物，
就不会有"想要"的欲望。

井户真帆捧着手机，一栏一栏填过来。

姓名、地址、电话号码……都是填过很多次的东西，只需输入开头的几个字，后面的都能靠输入法的联想功能自动填好。填完个人信息后，再回答"是否订阅手机报""是否需要电子账单"等问题，接着对照刚从钱包里掏出来的借记卡，输入扣款账户的账号。

最后还要填写丈夫的年收入、当前的住房状况（自有、租赁还是公司宿舍）、有无负债、存款金额……这部分取决于信用卡公司，每家问的不太一样。

填完所有信息，再点击下方的"确认提交"。这个按钮比别的要大上一圈。页面悄然跳转。

——我们将通过电子邮件发送审查结果。如果二十四小时后仍未收到，请致电×××××××××。

叮。轻响传入耳中。邮件很快就来了。

再上传一下身份证照片就行了。

呼……看到邮件，真帆长吁一口气。她都操作过好几回了，几乎成了每天的例行公事，可还是免不了有点紧张。

因为稍微填错一点点，结果就是拿不到积分，或者积分久久不到账。

真帆揉了揉肩膀，转了转头。下午两点到三点半是三岁的女儿佐帆睡午觉的时间，也是真帆"赚零花钱"的时间。

所谓"赚零花钱"，就是"通过网络兼职等在家做的兼职赚点小钱"。全职主妇也能在自己家里轻松搞定，所以节约杂志和主妇杂志经常介绍这方面的门路。

如此操作一番，到月底就能拿到价值五千块的积分了。

作为"真帆的零花钱"已绰绰有余。

但这个月情况特殊，她想多赚点。因为下周要跟大专的老同学去表参道的法式餐厅聚餐。午市套餐要三千八，饮料和服务费另算。

到时候她就穿那条去年秋天在闲置物品交易 App（应用）上花两千块买的连衣裙去。虽然是过季的旧款，但好歹是大型百货店都有的牌子。棕色的料子配小巧的印花，简约而不失精致，父母和老公太阳都赞不绝口，说很配她的棕色头发。

全家上下就只有真帆的头发略带点棕色。上初中和高中的时候，常有老师误以为她染了头发，害她受了不少委屈。

不过毕业以后，她就开始庆幸自己天生发色浅了，因为不用上美发厅打理，看着也挺时髦的。

那条裙子还没在老同学面前穿过。唯独耳环是为了这次聚餐新买的，是真帆在业余爱好者卖手工制作的饰品和小玩意的 App 上淘到的，原价六百，最后还价到了五百。巴洛克珍珠配金色链条，很像去年年底的热门电视剧女主角戴的那款。往耳朵上一戴，珍珠在发丝间若隐若现，特别好看。正版要卖三万多，她可买不起。

再逛逛看——

赚零花钱的平台不止一个，真帆最常用的是一个叫"零钱包"的网站。网站里提供了很多种赚钱的方法。

比如，通过"零钱包"的入口打开电商网站，下单后能拿到一个点左右的积分返利。填问卷赚积分大概是最主流的玩法了。

还可以通过开设银行、证券交易或外汇交易账户赚到更多的积分。

"办信用卡赚积分"是真帆最近常用的法子，而且她专挑搞活动额外送积分的时候办。

但她几乎不会用这办出来的信用卡。寄来的卡都被她仔仔细细收在一处，每半年注销一批。

这么薅羊毛确实有点对不起那些为了增加发卡量送出大额积分的机构，不过对孩子还小的宝妈来说，这倒是个不错的赚钱方法。

"开设外汇交易账户"也是真帆用过一阵子的法子。

这几年，新开的证券公司好似雨后春笋，每家都天天拉人开户。开户奖励能给到五千左右，多的时候甚至有两三万。

就是条件苛刻了些，可能需要实际存入十万到三十万，或者用账上的钱实际买卖几笔。在零花钱平台内部，这类为领取权益进行的操作被统称为"达标"。

真帆在券商上过班，对外汇交易却不甚了解。当时甚至有几位领导断言"炒外汇跟赌博没什么两样"，对开展这类业务颇感抵触。不得不为达标操作时，真帆总是吓得冷汗直流，因为一眨眼亏掉好几万也是完全有可能的。所以她都是同时挂"卖出"和"买入"，以最快的速度搞定两头，即便这样赚不到钱，还得倒贴一点手续费。

相较之下，办信用卡就不用那么紧张了，但机会有限。大多数机构的活动是"仅限新用户"的，所以从去年开始用这个法子的真帆已经不太容易找到送积分的机构了。

除此之外，孩子还小的宝妈就只能在股市小打小闹，或者在 App 上卖卖闲置物品了。

真帆用的是 M 证券的账户，当日交易金额不到十万就免手续费。专挑波动较小，而且有股东优待制度①的股票，看准时机买入，有几千块的收益就抛。

她通常会在股权登记日②的两个月前买入那种肯定会涨的股票。万一跌了，也要继续持有到股权登记日，好歹把股东优待拿上。因为交易金额本身不大，还没出现过很大的亏损。

即便如此，真帆还是非常小心，不让自己的收入过于偏重股票。

身为前券商员工，她深知股票和投资没有"绝对"的安全。她也是栽过跟头的——有一次，她持有的股票因股东优待被突然取消而暴跌，小亏了一笔。

要是单身也就罢了，可孩子还小，而且用来投资的钱有一部分是老公的工资，说什么都不能亏了。

真帆给自己定的零花钱标准是五千左右，每月赚几千到

---

① 股东优待制度是企业对股东无偿实行的、除分红以外的特殊服务，种类繁多，包括自己公司的产品，允许使用公司的相关功能，提供物品、打折券、商品券等。
② 公司确定股东身份的具体日期，该日之前持有公司股票的投资者，有权参与公司股东大会的投票决策，享有投票权、选举权等股东权益。

一万就足够了。没花完就存起来，以备不时之需。

零花钱要自己赚。

真帆倒不是觉得不能花老公的工资。只是自己赚的钱花起来没心理负担，也更开心罢了。

太阳是个消防员，算上加班费，月薪也就二十三万出头。虽然是铁饭碗，但收入着实不算高。

太阳的发薪日是每月十七号。当天一大早，真帆就会去银行取出四万五千的现金，再把伙食费（两万）和日用品采购费（五千）全部换成一千块的纸币，放进粉色的家庭钱包。自己的零花钱和全家人用的钱要分开放，免得混在一起。

这个粉色的漆皮钱包是真帆上高中的时候用攒的私房钱和压岁钱买的。边角已有些磨损，但漆皮依然光亮。当年的真帆特别特别想要这个钱包，如愿买下的时候高兴得一蹦三尺高。尽管带蝴蝶结的设计对二十多岁的她来说有点幼稚，但她还是用得小心翼翼。

回到家后，把用作伙食费的二十张一千块分别装进五个信封，每个信封装四千。每周用一个信封，第五周剩下的钱一般用来买调味料，偶尔收进自己的小金库。

给太阳的零花钱是每个月两万。直到不久前还是一万，但他总抱怨"不够花"，于是真帆给他涨了点。

她每个月都会把两万块装进银行拿来的信封里，和佐帆一起用贴纸和图案装饰一下，再写上"爸爸辛苦了"。

每一笔收支都要写进家庭账簿。合上账簿时，满足感油然而生。账簿的封面上写着一行大字——"冲呀！攒够一千万！"

这个目标是真帆定的。因为她在主妇杂志上看到了一篇题为《在老大上大学前攒够一千万！》的文章，觉得"孩子上大学的时候手头有个一千万确实会比较安心"。

金额是借鉴来的不假，不过一旦写在了家庭账簿上，它便成了真帆的精神支柱。

她总觉得，只要实现了这个目标，对未来的担忧便能减轻几分。

乍一看，每个月好像都过得紧巴巴的，但只要把奖金（二十八万）存起来，每年存下一百万就不成问题。多出来的钱可以用来旅游或购买家电，真帆并无怨言。

不过有了佐帆以后，真帆就只去过周边的温泉，家里也只添了张婴儿床，没花过什么大钱，收入基本都存起来了。只要看一眼账簿的封面，再苦再累她都扛得住。

井户家每月的收支大致如下：

工资（到手）：23万

房租：8.8万

伙食费：2万（每周4000×5周）

杂费（日用品）：5000

太阳的零花钱：2万

通信费（两个大人）：5000左右

水电燃气费：1万

太阳的保险费：2000

备用金、娱乐费等：2万

零存整取①扣划：6万

房租的八万八、每月零存整取的六万和水电燃气费设了自动扣款。

政府发的儿童津贴是用另一个账户领的，一分不动存起来。

真帆偶尔也会想，要是收入能多个一两万就好了。等佐帆上了幼儿园，她打算出去找个工作，赚点钱给孩子付幼儿园的学费，但她对目前的生活还算满意。

---

① 约定存期，本金分次存入，到期支取本息的一种定期储蓄。

她经常在发薪日做汉堡肉饼。

肉饼是用猪牛混合绞肉、充分去除水分的豆腐和玉米罐头做的。两面煎透后撒上遇热融化的奶酪,然后加入百元店买的速食香雅饭①代替酱汁,文火慢炖。

香雅饭的汤汁化成的法式红酱配上香甜的玉米和奶酪,便成了太阳最爱吃的真帆牌汉堡肉饼。

对太阳而言,这道菜就是莫大的犒劳。

傍晚时分,太阳推门进屋,中气十足地喊道:"我回来了!"

音量仿佛都比平时大了几分,惹得厨房里的真帆咯咯直笑。佐帆明明不懂妈妈为什么笑,却也有样学样,捂着嘴笑个不停。

"嗯嗯?怎么啦,怎么啦?笑什么呀?"

晒得黝黑的太阳自己也笑了,抱起佐帆问道。

"换个衣服洗个手,今天吃汉堡肉饼哟。"

"今天吃汉堡肉饼哟,阿爸。"

真帆让佐帆叫自己"妈妈"。可不知为何,太阳坚持让孩子叫他"阿爸"。据说这是他的夙愿。

---

① 日式牛肉烩饭。

说来奇怪，其实太阳自己是喊"爸爸妈妈"的。不过真帆觉得，这也许是一种另类的时髦。

就好像有些人会给宠物取"芥末""红豆"这种别致的日式名字。

太阳抱着佐帆举高高，兴高采烈地走向洗手间。真帆喊道："干脆一起冲个澡吧？"

太阳"哦——"了一声，听不出是赞成还是反对。

真帆不由得想："我还是很幸福的呀。"


"哇——"

一看到老同学小春的订婚戒指，真帆和在场的所有人就都忍不住惊叹起来。

真帆坐在表参道后街的法式餐厅，吃着三千八的周六午市套餐。她点了气泡水，其他人则点了香槟，一同庆祝小春订婚。

小春手上的戒指是在蒂芙尼定做的，中间是一颗硕大的心形钻石，周围镶了一圈小碎钻，在餐厅的吊灯下闪闪发光。

"是一点二克拉的。"

小春用尽可能平静的语气说道。

只觉得钻石下一秒就要从那根纤细的无名指上滚下来了。

"我都不敢打听价钱了。"

四人中性格最直爽、平时话也最多的奈美微笑着说道——但在真帆这个多年老友看来,她的微笑中似乎夹杂着一丝苦涩。

"不至于啦。"

小春大方地笑了笑,没有正面回答。

像极了开新闻发布会官宣订婚的明星。

"是幸太郎买的呀?"

郁乃也畏畏缩缩地问道。她上学的时候成绩很好,但性格偏内向,情绪不太外露,现在在东京的一家小型食品公司干财务,同时备考税务师。

"嗯……"小春歪了歪同样纤细的脖子,做出一个介于"思考"和"不想回答"的表情,"不好说,我也没仔细问。可能不光他出了钱,他爸妈也出了一点吧。"

听说小春的未婚夫是个普通的上班族,但准公婆在千叶开了家规模很大的建筑公司。

大专毕业后,四个人都找了工作。得知小春通过联谊交了个男朋友时,真帆没太在意这方面的信息。

身高?体重?工作?长相?……老实说,当时真帆光顾着打听幸太郎的个人条件了,完全没把他的家庭背景放在心上。

没想到在谈婚论嫁的阶段竟能拉开这么大的差距。

不仅如此,小春的准公婆还给小两口买了一套房,是丰洲新建的高层塔楼。

"但他们家只出房子,物业费和维修基金什么的都得我们自己付,每月的开销还是挺大的。"

但这些费用加起来怕是没真帆的房租贵。只要掏一点点钱,就能住上一百来平方米的豪宅了。那可是丰洲的黄金地段啊。

"哦,那边的塔楼……大概要两个亿吧?"

在房地产公司上班的奈美熟悉行情,直言不讳道。

上大专那几年,小春就是个瘦高个,乍看跟竹竿似的。她身材是很好,奈何是个单眼皮,扔在人堆里着实不太显眼。可进了百货店的外商部①以后,她就脱胎换骨了。

剪裁考究的套装将她的身材衬托得分外挺拔。一化妆,细长的眼睛就神似亚裔超模。留长的头发更是提升了她的女性魅力。听说在联谊会上认识的幸太郎立刻就对她展开了猛烈的追求。

---

① 拜访顾客的住所,直接向购买潜力大的企业和上流阶级的个人顾客销售商品的业务部门。

婚礼将在惠比寿的超高档酒店举行，蜜月则是意大利十日游。肯定是往返商务舱，住顶级酒店，极尽奢华。

真帆偷偷叹了几口气。

"对了，佐帆最近怎么样啊？长大点没？"

前菜、沙拉、汤和主菜环节聊的都是小春的婚事。吃完油封鸡腿时，奈美向真帆抛出了这个问题。也许她并不是想了解佐帆的成长，而是不想再聊"小春嫁入小豪门"这个话题了。

"大多啦，都三岁了。"

真帆打开手机，翻出近期的得意之作——那张照片是上周末拍的，佐帆坐在公园的秋千上，太阳在后面推。

"哇，当年的小不点……"

"都长这么大啦！"

小春看着照片，脸上依旧是斯文的微笑（不过小春订婚以后，真帆就只见过这一种表情，天知道小春心里到底在想啥），奈美和郁乃则是连连惊呼。

"至于吗？"

真帆忍俊不禁。奈美长叹一声：

"去医院看你的时候，她的小手还跟枫叶似的，这会儿都能自己荡秋千了，我能不感慨嘛。我这几年都干什么去了啊……"

佐帆刚出生没几天的时候,她们三个就一起来探望过,轮流抱了抱,还摸过她的小手和脸蛋。

"你不是在拼事业嘛。"

奈美今年刚考下"宅建",就是"宅地建筑交易主任资格证"。她还在全力备考室内设计师资格证,梦想有朝一日建一栋自己设计的楼房。

"不得不说,你家太阳还是那么帅。"

郁乃还在端详着照片。

"嘿嘿嘿嘿……"

唯独这一点,真帆是发自内心地得意。

她和太阳是对方的初恋,上高中的时候就在一起了。身为消防员,太阳每天都要参加训练,体格自然健壮。

佐帆好像也遗传到了太阳的高挺鼻梁。父女俩往那儿一站,活像洗洁精的广告代言人。

"你结婚的时候才二十三岁吧?当初听说你要嫁同龄的男生时,我还挺纳闷的,不过看到一个这么可爱的孩子,我就觉得这条路也不错呢。"

奈美和郁乃相视点头。

啊?

真帆怔住了，一时没反应过来。

"是啊，我当时是真佩服你的决心。可是一看到佐帆吧，我就觉得你这样也挺好的。"

她们似乎是真心为真帆高兴。

"工作都辞了，把宝都押在了老公身上，一般人可没这魄力啊。"

你们都是这么想的啊？

真帆嘴里的苹果甜杏希布斯特奶油泡芙顿时就没了滋味。

真帆只有一条小小的钻石项链。那是上学的时候，太阳用打工赚来的钱买给她的礼物。

三颗小钻串成流星的设计特别好看。收到项链的时候，真帆心花怒放，因为当时太阳穷得叮当响，却送了这么贵重的礼物。

他们没买订婚戒指。

真帆知道太阳没那么多钱，而且她都有那条钻石项链了，已经很满足了。公司的大姐也说："订婚戒指只会在结婚前戴一小会儿，有了孩子就闲置了，买了也是浪费。"她觉得很有道理。

于是他们买了卡地亚的结婚戒指送给对方。款式简单，但真帆很喜欢。

然而……当看到小春的心形大钻戒时,她的心怦怦直跳。

老实说,她的第一反应是"我也想要"。

想试戴一下,看着它闪闪发光。想戴出门去,听别人夸上一句:"哇,真好看!"想把它放进自己的首饰盒,时不时拿出来欣赏欣赏。

这是真帆从未有过的念头。她对珠宝全无兴趣,平时也很忙,都没时间逛百货店。

人不亲眼看到实物,就不会有"想要"的欲望——真帆有感而发。

跟大钻戒一比,自己的项链就跟边角料似的。心形钻石周围的碎钻都比自己项链上的大。

那条项链曾是她最心爱的首饰,只有重要场合才舍得拿出来戴。

可她竟发自内心地庆幸自己没有戴着它来聚餐,因为在大钻戒的光芒下黯然失色,就是必然的结局。

想归想,可家里的经济状况不允许她买钻石,劲头过了也就忘了。

深深刺痛她的,其实是奈美和郁乃的感言。

她们还天真无邪地补充道:"看到你刚找到工作就结婚辞

职了，我们可都吓了一跳呢。"

"我可不敢。""我也没这魄力。想做的事情那么多，事业和爱情都不想放弃。""我是真佩服真帆。""是我肯定会犹豫的，心想万一能找到更好的呢。"你一言我一语……

那些话乍一听像真心的佩服。可是在聊完小春的婚事之后聊这个，似乎就带了点弦外之音——"你老公就赚那么点，亏你敢把工作辞了。"

真帆本该立刻反问："哎哎哎，你们什么意思啊！"这样就知道她们到底是怎么想的了，也不至于郁闷成这样。

那场聚餐后，真帆总觉得心里不痛快。没想到朋友们是这么看她的……

小春的婚事勾起了她新婚时的回忆，还有当时怀抱的梦想。

真帆和太阳没有出国度蜜月。他们买廉航机票去了冲绳，开车绕本岛兜了一圈。

当然，他们一路上吃了很多平民美食，其中一晚住的是海边的小别墅，别提有多浪漫了。

可真帆其实是想去夏威夷的。

奈何当时太阳才刚入职，请不了长假。而且考虑到今后的新生活，他们也不敢一下子花那么多钱。

久而久之,真帆便有了一个模模糊糊的心愿——这辈子一定要去一次夏威夷。

这个心愿并非昙花一现。因为夏威夷是主妇杂志经常聚焦的旅游目的地。真帆每次看到,都会冒出"好想去啊"的念头。

仔细翻阅杂志后,真帆得出了一个结论:去夏威夷的性价比很高。

第一,能拍出大把适合发 Twitter 朋友圈的靓照。

第二,能买到有名气的大家都喜欢的手信。

第三(从某种角度看,这一点也许是最重要的),能收获刚刚好的羡慕,但不至于招来太多的嫉恨。毕竟夏威夷也没有多特别。

去一趟的开销可想而知,但与其花小钱去那种不知名的深山温泉酒店或小众的亚洲度假胜地,倒不如花大钱去趟夏威夷。自己开心,朋友们也不会太眼红。

穿长款沙滩裙的年轻妈妈牵着孩子走在白沙滩上,与浪花嬉戏……这样的照片谁拍都好看,想想都陶醉。

真帆还想在海边的餐厅吃吃早餐,买点便宜又好看的童装。听说夏威夷有许多物美价廉、款式别致的衣服。她想尝尝"网红"餐车的蒜香大虾和夏威夷炸甜甜圈"malassada"。

还想在免税店买个LV（路易威登）的钱包。

LV也是主妇杂志的常客。虽然是高端品牌，但风格偏休闲，设计经典耐用，不容易过时。真帆是那种买一个钱包至少要用十年的人，肯定能用回本。

而且……万一用腻了，手头缺钱了，也能拿去当铺当掉，或者挂到网上卖掉。LV是个很保值的牌子。当然啦，这话是不能放在台面上说的。

但柴米油盐的生活让真帆无暇喘息，只能把这些梦想压在心底。

自己到底在忙什么呢？

真帆有"为孩子攒下一千万"这个含糊的目标，可沿着这条路一直走下去就行了吗？说不定，她可以换一个活法，换一个花钱的思路，这样当下的生活就能更快乐充实一点了。

她每周只去两次超市。逛超市的时候，她一直都在心算篮子里的东西总共要多少钱。天知道不看价钱、毫无计划地采购是几年前的事了。花大钱的事情连想都不敢想。

佐帆也不像别的孩子那样，一进超市就吵着要买零食和玩具。因为她知道，妈妈无论如何都不会点头的。

这样的生活真的好吗？

"啊？你后悔结这个婚啦？"

那周六，上门做客的妹妹直截了当地问道。

"我可没这么说啊，只是……"

"不过我当时也没想到你居然把工作给辞了。"

"啊？"

"这年头已经不太有人刚结婚就辞职了吧？至少都要干到有了孩子才会考虑的。"

"那是因为……太阳三天两头值夜班，时间不好协调啊。"

真帆支支吾吾起来，抛出结婚时搪塞亲朋好友的理由。

其实……辞职另有原因，但真帆没有告诉妹妹美帆和其他家人。

当年她之所以毅然辞职，其实是因为券商的业绩压力太大了，她不想再没完没了地推销产品拉客户了。

"佐藤先生，我看您在货币基金账户里放了一百二十万，要不都换成澳元吧？有个日本车企的债券基金可以买，收益率有五点五呢。现在买成澳元正好……"每到月底，她都得打电话给为数不多的客户，想方设法推销产品，简直苦不堪言。刚入职的时候，她就意识到自己并不适合做销售了。

真能赚到钱的基金也就罢了，可当时日元一路走高，不适合买澳元和美元，股市也很低迷。

客户心里也都有数，所以没什么投资意愿，但为了完成业绩指标，她也只能硬着头皮拼命推销。

她没有资格指责向奶奶推荐劣质基金的银行职员，因为她当年也做过差不多的事情。

工作上受的委屈只有太阳知道，因为真帆每次约会都要大倒苦水。于是太阳便开口求了婚——"那就别干了，跟我结婚吧。"

真帆欣然答应。可"天天抱怨业绩压力，以至男友听不下去开口求婚"着实不算光彩，也跟浪漫毫不沾边，所以她没告诉过任何人。

"辞就辞呗，谁让姐夫的工作比较特殊呢。"

美帆泰然道。

"嗯，可是……"

"没什么好纠结的啦。"

之所以纠结，是因为结婚的理由没那么简单。

"对了，我可能要搬家了。"

"啊？"

真帆细细打量妹妹的脸，只见她难为情地笑了笑。

"真的？"

"嗯。"

"搬去哪儿啊？"

"……就这边……呃，十条？"

"啊?! 怎么就搬回来了呢？"

美帆稍微移开目光，看着佐帆说道：

"上次你不是给我提了几个建议嘛，我琢磨了很久，还去学习了一下……去听了几场关于节约和投资的讲座，还参加了早餐会，就跟学习会差不多吧。"

"不错嘛。"

"久而久之我就发现，那些老师讲的跟你告诉我的大差不差。砍掉点固定支出啦，积少成多啦……"

"是……是吗？"

"是啊。说实话啊，这回我是真服了。你教我的那些还真是挺管用的……"

"哟，你居然会夸我啊，太阳打西边出来了。"

真帆嘴上这么说，心里还是挺高兴的。妹妹上班以后，她们之间便疏远了几分。没想到今天竟能得到这样的夸奖。

"总之，我打算在这边找找看。"

"太好了，以后见面都方便了，你还能帮我带带佐帆呢。"

"饶了我吧，哈哈哈……"

美帆皱了皱眉，随即破颜一笑。

奶奶……

直到现在,真帆一看到端端正正坐在商店街中段店门口的奶奶,鼻子还是会一阵阵发酸。

"太奶奶!"

佐帆不知妈妈为何愣在原地,高声喊道。她绷直小手指着琴子,回头看着真帆嚷道:"是不是太奶奶呀?"小脸蛋上竟有几分自豪。

是因为她格外眼尖,一下子就找到了太奶奶?还是因为太奶奶在认真上班?

奶奶在商店街的日式糕点铺找了份工作,在店门口卖糯米团——刚听说这个消息时,家人和亲戚们都结结实实吃了一惊。

最惊讶的莫过于真帆的父母。据说爸爸刚听说的时候呆若木鸡,半晌都没开口。

表现最淡定的美帆去了趟奶奶家。促膝长谈一夜后,她给家里人发了LINE和短信——"放心吧,奶奶说她结婚前在银座的百货店上过班,最擅长招呼客人了。她就是想趁着身体还行,再工作一段时间。"

真帆这才稍微松了口气。不过她是真没想到,奶奶年轻的时候当过百货店的售货员。

早在真帆刚记事的时候，奶奶就已经是厨艺高超、稳重靠谱的奶奶了。她从没想象过奶奶以前的样子，更别提奶奶结婚前的生活了。

不过……仔细想想，奶奶当然也是年轻过的，当过美丽动人的售货员也不稀奇。

所以这件事倒是为真帆提供了知晓奶奶另一面的好机会。

但亲眼看到奶奶戴着三角巾在店门口接待客人的时候，她还是悄悄掉了眼泪。

"妈妈，怎么啦？为什么哭呀？"

见佐帆吃了一惊，真帆连忙抬手抹泪。可泪水源源不断地涌出来，让她不知所措。

奶奶穿着糕点铺的制服，深蓝色的罩衫。

自己或者美帆穿这种衣服打工也就罢了，可奶奶怎么能……奶奶平时穿得优雅大方，完全没有跟社会脱节的感觉，此刻却穿着廉价粗糙的工作服。这一幕给真帆带来了巨大的震撼。而且奶奶看起来是那么瘦小，那么虚弱，这让她陷入了"看小朋友第一次出门打酱油"的心境。

"哟，真帆来啦？怎么啦？这么多客人看着呢。"

幸好奶奶用温柔却不失严肃的声音提醒了一下，不然她怕是要一直哭下去了。

她知道奶奶每周上三天班（周末两天外加周三），时不时会去店门口瞧一瞧。即便如此，远远看到奶奶忙碌的身影时，她还是百感交集。

"哎呀，真帆和佐帆来啦。"

奶奶笑眯眯地迎了上来。

"奶奶，一会儿有空吗？"

"下午两点轮到我休息。"

"那我先去买点东西，等会儿去喝杯茶？"

"好啊，到时候老地方见。"

真帆带着佐帆买完东西便去了咖啡厅。奶奶已经来了。她没穿制服，也摘下了三角巾。

双目炯炯，红光满面。怎么说呢……还真是"精神"了不少。

"奶奶，身体还好吧？累不累啊？要不要多歇两天啊？"

即便如此，真帆还是忍不住问东问西。

"不累不累，不用一直站着，轻松得很呢。"

奶奶说她还在实习期，时薪九百，下个月就能涨到一千了。

"笑眯眯地坐在店门口，来了客人就聊两句，多简单呀。而且我傍晚就下班了，结账、写日报这种麻烦的事情都不用我操心，真是再轻松不过了，我都不好意思拿人家的钱。有时候还能带些卖剩下的糕点和稻荷寿司回家吃呢。"

除了奶奶，糕点铺还请了两位老婆婆，三个人轮流管门口的摊子。

"改天来家里坐坐吧，有好多店里拿的过期年糕片呢。"

"您干得开心就好。"

真帆松了口气。不过一想到消息传来时的鸡飞狗跳，她还是忍不住补了一句：

"爸爸好像还没缓过劲呢。"

爸爸还在为"奶奶瞒着自己找了工作"生闷气。他甚至对妈妈说了这么一句话——"这么大岁数的老娘跑去商店街上班，我都没脸见人了。"

"你说他纠结个啥？我当初要不是在百货店上班，就不会跟你爷爷结婚了，哪儿来的你爸呀。"

"话是这么说啦，可爸爸总归是不太乐意的嘛。"

奶奶找到工作之后，真帆才知道爷爷奶奶是怎么走到一起的。那可是当年还很稀罕的"自由恋爱"啊！她听得满心欢喜，但爸爸肯定是觉得"一码归一码"吧。

"对了，您当年是不是一结婚就辞职了呀？"

真帆脱口而出。

"当然啦。"

"那您就没后悔过吗?"

"那个年代的大环境就是那样的,大家压根不会有'结婚以后接着上班'的念头。跟领导汇报'我要结婚了'和提辞职没什么两样。"

"也是……"

真帆一边点头,一边喝着冰咖啡,自然而然垂下了眼眸。

"怎么啦?碰到不开心的事了?"

"……是这样的……"

真帆跟奶奶讲述了聚餐那天的种种,还有小春的婚事。

"于是我就开始胡思乱想了……"

"胡思乱想?那你想的是当年辞掉的工作,还是小春的婚事呢?"

"都有吧。一方面是感慨小春找了个十全十美的老公,另一方面是没想到朋友们是这么看我的……"

说到这里,真帆幽幽道出自己都不愿承认的事实。

"她们肯定在心里对比了一下我和小春的境遇。一个住丰洲的豪宅,另一个却只能在十条租套老破小,原来找老公能找出这么大的差距来……"

"话可不能这么说。太阳是个好人,佐帆也是个好孩子,你还是很幸福的啊。"

没人比真帆更清楚这一点，可她还是免不了有些难受。

"我上次不是跟你聊过羽仁元子老师的家庭账簿吗？"

"哦，就是您的外婆觉得很严厉的那位？"

"嗯。羽仁老师留下了很多厉害的观点，'用家庭账簿规划生活'就是其中之一。"

"用家庭账簿规划生活？"

"没错。她认为我们不光要用家庭账簿记录自己花出去了多少钱，还要根据那些数字做好日后的规划。了解这个月进来了多少钱，出去了多少钱，然后算一算能支配的钱有多少，这个思路是很重要的。"

"哦……"

"你跟我不一样，还是比较好规划的。至少在佐帆找到工作之前，你的每一步要怎么走还是很明确的嘛。所以我觉得吧，你可以先规划一下接下来的二十年，想想什么时候、在哪里花多少钱，然后再仔细算一算到底需要多少钱。算清楚了，就不会太焦虑了，也不会拿自己跟别人比了。"

"嗯。"

奶奶的建议着实铿锵有力，反倒让真帆注意到了一些细枝末节。

"我跟您不一样？……您的意思是，您没法预测今后的人生？"

"可不是嘛，说不定我明天就要去见阎王了呢。"

奶奶调皮地笑了笑，可真帆并没有被说服。

"明天就去见阎王，不就花不了几个钱了嘛……"

她轻轻叹了口气。

"……实话告诉你吧，我也有点担心以后的日子要怎么过呢。"

"啊？怎么说？"

真帆心目中的奶奶永远都是淡定沉稳的。住着漂亮的独栋房，用着精致的家具和餐具，每天认真记账，过得踏踏实实，好似无处不在的守护神，时刻关怀着御厨家和真帆。她是真帆的骄傲，也是真帆无限向往的目标。

"天知道接下来要花多少钱。而且你爷爷一走，养老金也变少了。虽然还有点积蓄，可我不敢用啊，万一以后要请人照顾呢。"

"您是因为这个……才找了工作?!"

"不只是因为这个啦，我确实想再体验一下工作的感觉。但钱有点不够花也是实话。"

一时间，真帆都不知道该说什么才好。

"能跟你聊聊这些真是太好了，我都没跟其他人提过。也许到时候还是得请你们帮我一把，但我想尽可能靠自己。你能不能先别告诉你爸妈呀？"

"哦……可我觉得您最好还是跟他们商量一下。"

"我会自己跟他们说的……再说了，我也没穷到揭不开锅的地步，一时半刻出不了问题的。"

也是。之前聊到存款利率的时候，奶奶说她有一千万的积蓄。这笔钱是肯定在的。

"好，我也是您的坚实后盾！有需要我帮忙的地方尽管说。"

"上班还是很有意思的，每天都很开心，不骗你。"

说着，奶奶露出无比真诚的笑容。


夜半来电——

真帆和孩子起得早，晚上十点就睡熟了。太阳一个鲤鱼打挺坐了起来，惊动了真帆。

"不是找我的。"

太阳看了眼手机，迷迷糊糊地嘟囔道。

"啊？"

是真帆的手机在振动。半夜打来的电话基本都是找太阳的，真帆做梦也没想到自己的手机会响。她吃了一惊，摸向枕边。

屏幕上显示的来电人分明是"小春"。

"真帆？"

电话那头传来的哭腔更是让真帆心惊肉跳。

"小春？"

"对不起，对不起……"

"怎么了？出什么事了？"

小春哭着问："可不可以去你家？"

"可以是可以……就你一个？你在哪儿啊？"

"银座……我打个车过去，对不起啊。"

真帆爬起来，在睡衣外面披了件开衫。太阳咕哝道："没事吧？"

"小春好像出事了，说要来家里找我。一会儿我把房门关上，你接着睡吧。"

幸好睡在爸爸妈妈中间的佐帆没被吵醒。

"哦……有事叫我啊……"太阳边说边往被窝里钻。

真帆家是那种一进玄关就是厨房和餐桌的布局。只能坐在厨房聊了。和小春住的豪宅一比……再难为情也没辙。

虽然入春了，可夜里还是有点凉。真帆开了煤油暖炉，泡了壶热茶等着。

轻轻的敲门声传来。开门一看,正是红着眼睛的小春。

"怎么啦?没事吧?"

"嗯。"

也许是在车里平静了下来。小春尴尬地笑了笑。

"到底出什么事了?"

小春刚坐下就长叹一声。

"唉……我搞不好要退婚了。"

"啊?"

小春喝了一口真帆泡的红茶。

"我发现了一个大秘密。"

真帆吓得后背发凉,只觉得自己将要听到什么不得了的内幕。

"他们要给我买高额寿险,我自己都不知道!"

"啊?"

小春告诉真帆,她刚订婚不久,准公婆就要走了她的印章和身份证。

今晚她在银座的高档日式餐厅跟幸太郎和准公婆一起吃饭。谁知吃着吃着,准公婆拿出一份受益人是婆家一家三口的保单,逼着她签字。

"高额……有多高?"

"一个亿吧。"

小春那根闪闪发光的无名指和"一个亿"重叠在一起，直叫人毛骨悚然。

"天哪……但他们也是为了你好吧？虽然高额寿险总会让人联想到'杀人骗保'，听着怪吓人的，但归根结底还是给将来留一份保障呀。"

"他们也是这么说的，还给买了房……他们家生意做得挺大的，说买个保险以防万一，在他们那行是很正常的。"

"这样啊……"

"于是我就问：'幸太郎也买保险了吗？'他们说买了，但受益人不是我。我随口一问'那结婚以后会把受益人改成我吗？'，幸太郎的妈妈居然生气了，说我心眼多，没分寸，这算什么事啊！"

"……原来是这样。"

毕竟是小春的准公婆，真帆也不好说什么。但她也不是不能理解小春的感受。

"平时斯斯文文的人，揪着我破口大骂……我怎么道歉都没用……幸太郎也不帮我说话，就在一旁装傻。我委屈得不行，就自己跑出来了。"

"哦……"

"公婆都是这样的吗？我觉得你肯定懂保险，又是结了婚的人，就想来问问……"

"嗯……每家的情况都不太一样，不好一概而论的。"

"那你怎么看？我这婚还能结吗？"

真帆顿时语塞。老实说，她觉得还没到退婚的地步。

天知道男方家为什么要给小春买高额寿险，可说不定他们家就有这个传统呢？总不至于杀了儿媳骗保吧。

不过……准公婆把儿媳视作婆家的附庸，幸太郎也没有在父母面前帮小春撑腰，这两点确实令人担忧。

可眼下还没有证据，不好明确反对。

"……要不跟幸太郎好好谈谈？"

到头来，真帆只能给出这个不痛不痒的回答。但她也觉得，确实没有比这更重要的了。

"你可以告诉他，你当时是多么震惊，再问问他们到底是怎么想的，让他在两边有矛盾的时候帮你说说话。总之就是把你心里想的都说出来嘛。如果他理解不了你的感受，到时候再重新考虑这桩婚事也不迟呀。"

还不确定幸太郎是怎么想的。说不定他都没察觉到小春希望他站在自己这边。

"你谈婚论嫁的时候是个什么情况啊？你就没犹豫过吗？

也没吵过架?"

"我跟太阳都谈了好多年了,上高中的时候就见过他爸妈了……"

"唉,所以我才羡慕你啊。"

真帆大感惊讶。飞上枝头变凤凰的小春,竟然羡慕起她来了?

"可我也不是一点都没纠结过的。"

"是吗?!我还以为你们一直都很恩爱呢!"

"我也很纠结的啦……实话告诉你吧,我当初之所以决定结婚,其实是因为上班上得太痛苦了,不想干了,但我不好意思说,所以大家都不知道。券商的业绩压力太大了,我天天跟太阳倒苦水,于是他就说:'那就别干了,跟我结婚吧。'……所以我可羡慕你了。"

"我有什么好羡慕的呀!"

两人相视而笑。

"我看你过得安稳又幸福,一帆风顺的,还当你看不上我这样的呢,嫌我这婚结得像儿戏。"

"怎么会呢,我羡慕你还来不及呢。"

奶奶的笑容忽然浮现在眼前。

"谁的人生都不可能是一帆风顺的啦。"

"也是。"

两人又聊了一会儿,小春便告辞了。

洗马克杯时,只见太阳走出卧室。

"对不起啊,吵醒你了?"

"没事。"

"都听到了?"

"嗯,稍微听到了几句。"

太阳从背后抱住洗洗涮涮的真帆。他的下巴轻触她的脸颊。

"不是因为你天天倒苦水。"

"啊?"

"我不是因为你天天倒苦水才求婚的。"

"可当时……"

"其实我早就想求婚了,只是一直没找到合适的机会。结果你刚好在那个时候抱怨工作不顺心,我就顺势提了。"

"真的?"

"嗯。"

说完这几句,太阳就松开了真帆。

"晚安!"

他立马回了卧室,怕是难为情了。

真帆却不禁笑出了声。

我家这位啊,可真是太贴心了……

真想跟人显摆显摆,秀秀恩爱呀。

# 第4章
# 性价比

人生就是没有道理可讲的。可要是没那些没处说理的事,我们省吃俭用又是为了什么呢?

小森安生站在小渔港的码头，面朝大海，吞云吐雾。

"不喝啦？"

年轻女子的声音从身后飘来。正犹豫着要不要回头时，有什么东西狠狠撞上了他的背。他很快便意识到，自己是被软玉温香抱了个满怀。想想都觉得刺激。

他已经在加工水产品的小作坊住了好几天。这次的工作是加工一大清早捕捞上来的秋刀鱼，装进纸箱，以备出货。

秋刀鱼才刚刚开捕，今天的捕获量不多，下午三点就收工了。于是工人们便在建在海边的宿舍喝了起来。

"哎哟，玲奈这是喝醉啦？"

"喝醉啦！"

"玲奈"是个二十岁出头的大学生，四肢修长，蓬松柔软的棕色头发很是迷人。安生都不确定她的名字到底该怎么写。

明艳的容貌、衣着打扮和言谈举止足以体现出她是个富家女。可她却偏偏选了这么个干上一天便腰酸背痛，浑身上下沾满鱼腥味的苦差事。不难想象，她大概是觉得日常生活里缺了点什么，无法让她满足。这样的女生，安生见得多了。

他巧妙地扒开她缠着自己的胳膊，用不至于显得太冷冰冰的动作主动抽离。

"哈哈哈哈哈哈……"

再配上几声不痛不痒的笑。

"不喝啦，森哥？"

"喝够啦，大叔我已经喝醉了。"

"你算哪门子的大叔啊！青春不是年华，而是心境！"

"哈哈哈哈哈哈……"

安生知道这句话出自厄尔曼[①]，心中却没有一丝波澜。她八成是在大学的课上听来的，而讲课的八成是那种让看客暗暗吐槽"要谈青春就别领养老金啊"的老头子教授。他只得笑着佯装无知，免得对方更来劲。

"我的心境也是大叔啦。"

---

[①] 塞缪尔·厄尔曼（1840—1924）：德裔美籍作家，儿时随家人移居美国，年逾古稀才开始写作，散文《青春》是其代表作，文中引用的是作品的第一段："青春不是年华，而是心境；青春不是桃面、丹唇、柔膝，而是深沉的意志、恢宏的想象、炙热的情感；青春是生命的深泉在涌流。"

都快四十岁的人了……他如此嘟囔道。

她轻轻抽出他叼着的烟，塞进了自己的嘴，眯着眼说道："真好吃。"

唉，都送上门来了，还有完没完了。

话虽如此……换作以前，他早把人带上床了。想及此处，他便有些狠不下心来。

"森哥，我觉得你跟别人不太一样。"

"哪里不一样了？"

"想法？气场？就不像别人那么猴急。"

"大叔就是这样的。"

直到两三年前，他还不是这样的。

辗转各地打季节性的短工。每到一处，都勾搭一个合得来的姑娘。

明明有女朋友，却到处拈花惹草。这样的日子过了近十年，直到和本木希成正式确定关系。

"森哥，你有女朋友吗？"

回一句"有啊"把人打发走倒是容易。可不知为何，心底里有个不想这么做的自己。

不是的。不是因为有女朋友，而是因为不想再放纵了。

可他找不到合适的理由拒绝。

"有是有……"

女朋友确实是有的。

来这座渔港之前,他跟希成闹了点尴尬,但应该还没分手。

"……我想跟你结婚生子。实在不行的话,只要个孩子也行。你学历不错,脑袋灵光,长得对我胃口,脾气也好。从基因的角度看,是个不错的选择。"

直截了当,是希成的一贯风格。

基因啊……

安生和希成谈了快十年了。一路上分分合合,兜兜转转。刚认识的时候,她和眼前的玲奈一般大。

年过三旬的女人想要个孩子,倒也是人之常情。

只是刚认识希成的时候,安生做梦也没想到,他们会发展成问对方要基因的关系。

说实话,他当时不过是看中她年轻,是个大学生,可以随便坑玩,不怕拖泥带水。对即将迈入三十大关的他而言,同龄的女人着实有些沉重。

他们邂逅于印度的瓦拉纳西,一家毗邻恒河的旅店。

当时,安生和周围的游客都是一样的作息。

被钟声和祈祷唤醒,穿过昏暗的小巷,走到恒河边,喝着茶远眺朝阳,看着河面发发呆,然后回旅店吃早餐。白天就跟其他游客聊聊天，打打扑克。傍晚再去河边喝茶，喝完了回旅店吃晚餐，再聊上一会儿。

就这么过了几个月，希成来了。

"每天都这么浑浑噩噩的，像什么样子！"

她一到印度就精力充沛地逛起了名胜古迹。每每在旅店见到安生和其他人，她都会来上这么一句。虽然她面带微笑，也并没有发火，奈何嗓门很大，乍一听跟训斥没什么两样。

安生本以为，等她逛完了景点，就会加入聊天大军，或是干脆离开旅店。因为来这儿的人都是这样的。

谁知她两条路都没选。一轮逛完了，便开启第二轮。这样的人可太稀罕了。

也就是说，她喜欢印度的氛围，但无意跟别人一起无所事事，消磨时间。

他心想：真是个怪人。

某天他心血来潮，问"要不要去加德满都？"，她欣然同意。

看来，希成中意的不是印度的瓦拉纳西，而是安生。

后来，他们也会时不时见上一面。不过从几年前开始，他们就变成了一起过纪念日，常去对方家的关系。

她想要他的基因。

是人都会变老。

促使希成提出这个要求的,显然是御厨琴子和她的孙女。

"最近哪怕有小姑娘送上门来,我都懒得跟人家上床,您说这到底是怎么回事呢?"要是他这么问,那位文雅的老太太会露出怎样的表情呢?

想着想着,安生突然笑了起来。

"咦,森哥你……你怎么笑了?有……有什么好笑的呀?我哪句话惹你笑了?"

玲奈结结巴巴地问道。

安生真想吐槽她一句:"呃,按刚才的语境,你应该说'啊!你是不是在想女朋友!'吧。"

但玲奈可能是太年轻了,异性缘也太好了,所以满脑子都是自己。

他只觉得旁边的小姑娘更烦人了。

不过老太太怕是会面不改色心不跳地回答:"哦,这说明你到那个年纪了,得找个医生好好看看。"想到这儿,笑意便又涌上了心头。

"怎么了吗?"

"没什么。"

她显然是在装醉。安生懒得解释,下意识握住了她纤细的手腕。

来渔港前不久，安生和希成一起去老太太的孙女井户真帆家做过客。

他和老太太御厨琴子相识于家装大卖场。他们平分了打折清仓的三色堇花苗，久而久之就成了忘年交。因为住得近，安生去外地打工或出国旅游的时候，都会请琴子帮忙浇浇院子里的花花草草，来家里开窗通通风。倒也不是不能找希成，但她经常出差，他不想给人家增加心理负担。

他们就这样把对方当成了友邻，时常走动走动。最近，琴子突然发来邀约——"找个时间去我孙女家坐坐吧？她吵着要见你呢。"

如果这位孙女还单身，他定会兴高采烈地答应下来。问题是，人家都有老公和孩子了。

二十九岁的老公是个消防员，公务员铁饭碗，晒得黝黑，身材壮实，踏实正派。三岁的女儿漂亮可爱，单看照片都让人期待十五年后的重逢。

他有什么脸面去这般幸福美满的人家里做客？

情急之下，他叫上了女友希成。琴子发那条LINE时，希成刚好在旁边。把手机拿给她一看，她便说："我也想去，正好想认识一下琴子婆婆。"

希成踏踏实实拿到了大学文凭，入职了一家大型旅行社，干了五六年以后辞职单干，成了专注旅行领域的自由撰稿人，虽然没有大红大紫，但好歹出过一本名为《女生独自畅游度假胜地》的著作。

希成显然是个外向的人，不然也不会从事那样的工作。带上她去井户家就不会太尴尬了。安生抱着这样的心态邀请了她，结果远超预期。

她跟井户真帆很是投缘，一见如故。从工作聊到旅行，再从旅行聊到稿费和退休后的规划，嘴巴都不带停的。

"你想去夏威夷啊？有间别墅很适合拖家带口的游客住，到时候介绍给你吧。虽然离威基基有点远，但边上就是购物中心，价钱也相对便宜。"

"哇，太好了！可我们大概只能待三个晚上，这么短也行吗？"

"一般都是一周起租的，但我认识房东，可以帮你谈一谈。"

"……我们英语不好……"

"放心放心，房东太太是第三代日裔，会说一点点日语。预订什么的可以交给我呀。"

"天哪，太周到了，谢谢你呀！"

她们好像一眼就瞧出了"这人能处"。

"那你和你的同行都是怎么解决保障问题的呀？"

希成打听完公务员的生活后，真帆如此问道。

"我不是自由职业者嘛。没有公司给的退休金,养老金也只有国民年金①,所以还是有点慌的。"

"嗯嗯。"

"所以我搞了 iDeCo②……"

"啊!我知道,最近连公务员都能搞了是不是?我还挺感兴趣的。"

"能搞一定要搞,还能抵税呢。"

"这样啊!"

"我每月还往小微企业共济基金存钱,也能抵税的,利率也稍微高一点。你可以理解成给自己攒退休金。"

"还有这种制度啊。"

"现在我把两边都交到上限了。因为工作本身不太稳定

---

① 日本养老保障制度由三个层次组成。第一层是国民年金(基础年金),日本法律规定凡处于法定年龄段的国民均须加入国民年金;第二层是与收入关联的厚生年金,在参加国民年金的基础上,企业雇员和公务员需要加入厚生年金;第三层则是不同类型的企业年金和个人养老计划,企业与个人可自由选择加入。
② 2001 年推出的个人型定额供款养老金,属于日本养老保障制度的第三层。起初仅面向参加了国民养老金计划的工商业个体户群体以及企业中未设置企业养老金计划的公司职员。2017 年改革后,范围扩大到公务员和家庭主妇。参加者在缴费环节一定限额内免税,投资环节免税,领取时纳税。

嘛,天知道能交到什么时候,反正能交多久就交多久吧。所以我还是挺期待退休生活的。"

"真好。"

笑眯眯地听年轻人谈天说地的琴子都忍不住插了一句:

"这种保障啊,搞几个都不嫌多。"

是吗?现在不花钱,老了以后不会后悔吗?天知道自己还能活多久,万一临死时后悔当初没大手大脚花钱怎么办?

安生心里直犯嘀咕,脸上却是笑盈盈的,一声都没吭。

顺便一提——定额缴款养老金和共济基金就不用说了,安生连最基本的养老保险都没交。国民健康保险①都断了。

"女朋友这么靠谱,我都替你高兴啊。"

琴子眯着眼睛感叹道。可安生也是头一回听说希成对退休后的生活规划到了这个地步。

"对了,正好请教请教你这个前从业人员——iDeCo 不是可以自己选投资渠道的吗?我现在把一半存成了现金,四分之一投了跟东证股价指数(TOPIX)②挂钩的指数型基金,剩下的四

---

① 日本的医保制度之一,适用于不在公司工作的人或外国学生,看病自负三成费用。
② Tokyo Stock Price Index 的缩写,其成分股广泛地涵盖日本的股票市场,同时也是具备作为投资对象功能的市场基准。

分之一投了外国的指数型基金，你觉得怎么样？要是有更好的基金，随时都能改的，我也在考虑要不要提高一点投资比例。"

指数型基金（Index Fund）又是什么玩意？"index"不是索引、标题的意思吗？但她们在讨论的显然不是什么"索引"。托皮克斯？听着跟咒语似的。

"做长线的话，手续费比较低的指数型基金绝对是最合适的。总之就是选手续费低的，搞成复利。"

"现在买的就是复利的。"

"厉害呀！"

两人一边喊"耶！"，一边跟美国的棒球运动员似的击了个掌。

嗯？复利又是个什么东西？至于高兴成那样吗？

"至于投资比例……你这个年纪吧，确实可以把基金的比例拉高一点，但这种事得你自己决定，自己负责，我是不能替你拿主意的。不过离你拿养老金还有三十多年呢，如果是我，可能会多投一点吧。五十岁再开始存现金也不晚。"

自己负责。多么可怕的词组。

此刻的希成好像比平时和他聊天时更有活力。在一起的时间久了，一顿饭吃下来，两人一声不吭的情况都是有的。

莫非希成和真帆聊的那些"咒语"是人人都知道的常识？

安生佯装平静，内心却很是焦躁。他四处张望时，刚好撞上了真帆的老公太阳的目光。

真帆家是两室一厨的户型。五个大人挤在小厨房边上的桌子周围，还用上了问邻居借的椅子。安生对这种简朴的生活颇有共鸣，只是跟边上的太阳坐得太近，手肘几乎都要碰到了。

"要抽烟的话，可以去阳台。"

太阳露出温和的笑容，向他伸出援手。

"啊？你抽烟啊？"

真帆一声惊呼，露出发现了万恶之源的表情。

"呃，也就偶尔抽抽……"

"可不是嘛。当着我的面不抽，可到了我看不见的地方，好比去外地打工的时候，他就会抽上两口。"

希成也跟唠叨的黄脸婆似的皱起眉头。

这下可好。安生其实也不是很想抽，可还是跟太阳一起去了阳台。

"亏你能看出来，我平时很少抽的。"

"我们队里有不少老烟枪，跟他们处久了，就能看出一个人好不好这口了。我早就习惯啦，也不讨厌烟味。"

太阳在小酒馆帮队里的老大哥找能抽烟的座位、第一时间递上烟灰缸的景象浮现在安生的脑海中。他肯定是个非常细心的下属，人见人爱。

"喝酒的时候，难免会有点馋。"

他们就着真帆做的家常菜，喝了点希成带的土特啤酒。真帆拿出来招待客人的是自制比萨。用的是信用卡积分换的面包机，从面团做起，味道相当不错。

"我还以为消防员经常锻炼身体，肯定不会抽烟呢。不是说躺在床上抽烟是引起火灾的一大原因嘛。"

"爱抽烟的公务员好像挺多的，毕竟是比较传统的行当。不好意思啊，我们家真帆聊得太起劲了，没吵到你吧？"

安生不由得想，这道歉听着就跟秀恩爱似的。

"怎么会呢，你们肯请我来做客，我高兴还来不及呢。在旁边听都能学到不少东西，希成好像也比和我在一起的时候更开心。"

"真帆平时都跟孩子在一起嘛，难得有机会跟大人聊聊，一不留神就上头了，更何况还碰上了个这么聊得来的人。"

"哦……带孩子可真不容易啊。"

安生用事不关己的口吻嘟囔道。

他实在理解不了人为什么要生孩子。

倒不是因为讨厌孩子。佐帆午睡前一直都坐在他膝头。是佐帆自己凑过来让他"抱抱"的。大家都笑着说："她能看出谁喜欢小孩呢。"外国的小朋友和小动物也爱跟他亲近。

可他不想要孩子。

他从不反对"生孩子"这件事，当然也不会谴责生儿育女的人。但养孩子既花钱又费劲。好不容易养大了，也未必能养出个正人君子。别说是养儿防老了，被孩子一棍子打死都是有可能的。

付出跟回报不成比例，性价比太差了。真帆的经济观念那么强，怎么会选"养孩子"这条性价比差到极点的路呢？安生百思不得其解。

从某种角度看，正因为安生有这样的想法，他才会单身至今。

他也觉得自己挺冷漠的。

可不知为何，旁人总会给出截然相反的评语。

"不过她们聊的那些，我实在是听不明白……"

"其实我也不太懂。"

"啊？你也不懂？"

"攒钱啦，投资啦，全都是真帆在张罗。"

太阳咧嘴一笑，露出一口白牙。

"牛人啊。"——这就是安生的第一反应。

把自己挣来的工资都交给老婆打理，自己却过得无忧无虑，对生活全无不满。只有这样的人才配组建家庭，养育后代吧。这也算是某种"超能力"了。

"我觉得这样挺好的。老婆强势靠谱，把家里的事打理得井井有条,日子才会越过越好嘛。我爸妈也是这种组合。"

哦,还有这么想的人啊……安生被说服了。他也不讨厌强势的女人。只可惜一直以来,希成都没能把这种能力用在婚姻生活上,最多不过是在他去外国或外地漂泊时独守空房。要是他们有朝一日结了婚,说不定能处得不错。

但他眼下还没有结婚的意愿。

"跟你聊天还是很受启发的。"

安生有感而发。他最近就没见过几个正常就业结婚,还对生活非常满足的人。

"瞧你说的,我能启发你什么呀。"

太阳很是谦虚,在面前使劲摆手。

"你形象这么好,消防局怎么不找你拍海报呢?"

"入职第三年的时候拍过一次招新海报,搭进去一整个休息日,一分钱都没拿到,还要被弟兄们笑话好一阵子,简直了。"

这种事都不拿出来显摆。

真是个满分好爸爸。


回家路上,希成心情大好。

"真帆和太阳真是一对模范夫妻。我们周围不太有那种类型的人,去之前我还怕冷场呢。像真帆那样有经济头脑的女生可不多见,找个机会采访采访她好了。"

她还自言自语道:"写份企划书发给某某杂志社试试吧。"

"他们大概也在这么点评我们呢。"

"哦?是吗?那我可太高兴了。"

安生倒也没阴阳怪气,可是看到希成表现出如此纯粹的欢喜,他还是不由得纳闷:我熟悉的那个希成究竟上哪儿去了?她平时对人颇为严厉,分析时甚至会夹杂一些冷嘲热讽,安生就喜欢她这一点。

然后,她就冷不丁地说出了那句话。

"……我们也生个孩子呗?"

安生一时语塞。

四十岁生日近在眼前的小森安生已经不是头一回听到这样的提议了。

算上学生时代的玩笑话和床上的逢场作戏,两只手都数不过来。

为什么女人要跟我生孩子呢?

还有比我更不适合过日子的人吗?

就在安生沉默不语时,希成给出了他适合做孩子爸爸的种种理由。

学历有那么点高,长得有那么点帅,脾气有那么点好。

安生心想,她怕是早就在考虑这些了。而井户家的氛围,让她下意识道出了心底的想法。

他懂,不能更懂了。所以无法断然拒绝。

可现实问题是,他没有固定工作,也没有远大的梦想。稀里糊涂混日子就是他的兴趣爱好和人生目标。这样一个男人,又能派上多大的用场?

"我没交养老金,医保都断了。"

安生姑且应了一句,也不知道这算不算是"回答"。

"我知道。"

她还真知道啊。

"当然也没有像样的积蓄。"

"我知道。"

"奶奶的老房子也不知道还能住多久。"

正因为不用交房租,他才能勉强混到今天。可房子在亲戚名下,他充其量不过是个管理员。哪怕有朝一日被扫地出门,他也没资格发牢骚。

"这我倒是没想到。"

但希成的语气并不阴沉。

"你真要跟我这样的人过一辈子?"

安生的话暗藏消极的潜台词,希成却朗声回答:

"要！钱我也能挣，你搬来我家不就行了。我可以把房租的一部分做成成本，换一套更大的房子也行。"

"这怎么行……"

"可是换个角度看，只要能解决这些问题不就行了吗？"

"啊？"

"只要能解决你刚才列出的那些问题不就行了？养老金现在开始交也来得及，可以补交两年份的。医保也好办，你做全职煮夫，就能用我的家属医保了。"

呃……安生哑口无言。

独自回家后，他打开 Facebook（脸书），仔细查看了近一万个好友的近况。他发现有个好友在做加工秋刀鱼的季节性短工，于是发消息问："你那儿还缺人吗？"

他以最快的速度联系好工作，逃离东京。

自那天起，安生再也没见过希成。

安生大学毕业的时候，恰逢就业形势最为严峻的二十一世纪初。有效职位空缺率[①]跌破 1.0，连应届生的职位空缺率

---

[①] 日本常用的经济指标，体现每个求职者对应多少个正在招人的岗位，数字越大意味着岗位越多。

都降到了0.9。

在Y大上学那几年,安生跟现在一样浑浑噩噩,但他还以为毕了业就能跟这种日子说再见了。他的得过且过并不是从学生时代开始的。

大家都说大环境不好,就业形势差,可他没当回事,以为总能找到一两家肯要他的公司。

如今回想起来,或许是"Y大毕业生"的标签让他过于自信了。

他忙着打工旅游,成绩糟糕透顶。

到了找工作的时候也没好好准备,投了一堆出版社,全都石沉大海。找到最后他都破罐子破摔了,是个工作就行。经过一番挣扎,他总算在毕业前夕签了一家房地产公司,干销售。

他被分到了私铁沿线车站的分店,入职第一天就被骂了个狗血淋头,说他不懂端茶送水的礼数。领导什么都不教,打发他去车站跟前站着,做铅笔楼①的人肉广告牌。于是他就拍拍屁股走人了。

都没跟领导打招呼,他把广告牌搁在车站的护栏边,转身就走。辞职信是直接寄去公司的,手机号码也换了。

---

① 占地面积很小的三层长方形独栋房。

后来,那家房地产公司成了臭名昭著的黑心企业,还曝出了"把新人逼到自杀"的丑闻,所以他并不后悔。

但他死心了,认命了,觉得无论去哪里,结局大概都一样。

安生是家中次子。父亲不求他出人头地,只盼着他"安全、安心、安稳"地过好自己的小日子,于是便给他取了"安生"这个名字。

奈何事与愿违。

打工的同事都叫他"小喽啰安生"。因为他不肯结婚而选择离去的前女友也笑话他——"真是人如其名啊,你也就只配过下贱①的日子了。"那个前女友后来嫁了个 IT 企业的公子哥,住在六本木新城,生了两个孩子,直到现在还会寄奢华的贺年卡给他,颇有些刻意挖苦的意思。

安生却觉得小喽啰的人生也不算太糟。

季节性短工的收入大概是每月二十五万,最多也就三十万左右,但有些地方是包吃包住的,花不了多少生活费,所以两三个月就能赚到一大笔钱。至于接下来是去旅游,还是回十条的家,全看心情。

回家就自己开火。米得掏钱买(如果打工的地方恰好是种

---

① "安"字在日语中有"廉价、低贱"的意思。

米的农户，还有可能分到一点），但面包房能买到三十块一袋的面包边，蔬菜可以自己种，鱼就趁便宜的时候多买一点，晒成鱼干备用。再去图书馆借点书看看，便是个"晴耕雨读"的小世界了。说"高等游民①"也行吧。尽管他过的日子跟"高等"二字毫不沾边。

他跟琴子说过"一百万就够吃一年了"，这话倒是不假。再少一点都够用。所以一旦有大笔收入进账，他就会立刻辞职。

他是人生的掉队者，却对现状并无不满，所以大概是无法回归正轨了。

"又跑外地去啦？"

第二天，琴子一反常态，打来一通电话。天色已晚，安生结束了一天的工作，刚泡了个澡，正是最放松的时候。

"真不像话。"

啊……琴子的责备让他生出了"昨天的事情都被她看在眼里"的错觉，下意识道了声"对不起"。

说完了才反应过来，老太太怎么可能知道？咦，那我道

---

① 明治时代到昭和初期常用的术语，指受过高等教育，但由于经济上没有困难而不参加工作，终日读书做研究的人。

什么歉呢？安生一头雾水。

对了，她怎么知道我不在东京？难道她跟希成有联系？

去井户家做客时，希成和祖孙俩相谈甚欢。难道是希成跟老太太告状了？说"我跟安生求婚了，他却没反应，还不告而别了"？

想到这儿，安生就更郁闷了。这种女性之间的"伙伴"关系总是让他发怵。

"老师！安生惹希成哭了！""怎么可以这样！"诸如此类。简直跟开班会似的。真帆是班长，琴子是班主任。

平日里豁达爽快的琴子怎么也来兴师问罪了？安生略感失望。

"走之前好歹打声招呼啊，不然谁给你浇花啊！"

琴子的责备却与他料想的大相径庭。他这才意识到自己想岔了，还把心中的怨气发泄在了人家身上。

"对不起……"

其实琴子这样的人本就不可能自说自话插手别人的私事。若是他主动找她出主意也就罢了。

"虽说入秋了，可天还热着呢。本想分你一点秋播的白菜种子和荷兰豆种子，可找过去一看，家里居然没人，院子里的花都蔫了，可怜巴巴的，吓得我赶紧浇了些水。"

"多谢了。"

"花可没长脚。再苦再累再难熬，也只能待在原地。是人自说自话把它们种在那儿的，所以种花的人一定要负责到底。"

老太太对花花草草特别较真。这也是她的可爱之处。

跟希成不欢而散后，安生一时冲动就离开了家，逃出了东京。老实说，他压根没想起来院子里的花。

稍微碰到点不痛快的事就逃之夭夭，这是他的老毛病了。他这样的人，怎么可能养得好孩子？连院子里的花花草草都照顾不好。

"见你不在家，我就去找希成打听，可她说你跑去外地了，她也不知道你在哪儿。"

她果然是知道的。

"闹什么矛盾啦？"

安生本想着，要是老太太多管闲事就没好气地顶回去，谁知她的语气出乎意料地温柔，让他不由得心头一暖。

"希成都跟您说了？"

"没，她又不是爱告状的人。我也不会特地打听你们年轻人的私事。只是觉得你不辞而别有点反常罢了。"

确实，认识琴子以后，还从没有过这样的事情。

"呃……我跟她闹了点不愉快……"

但为了顾全希成的面子，他还是略去了细节。

"这样啊。"

"嗯。"

"那好歹回来一趟吧。"

"可这边的工作是熟人开后门帮忙安排的,我总不能刚来就……"

"都不放假的吗?"

"嗯。"

"哪怕回来一天也好啊,好歹得定一下种白菜、水菜① 和荷兰豆的位置吧。我还搞了点芥菜的种子,听说带点辣味,还挺好吃的,到时候也分你一点。"

安生很是感激。只是……

"跟希成好好谈谈嘛。"

"呃……可是……"

"现在不播种,冬天炖啥吃呀?你今年是第一次种白菜吧?"

琴子三句话不离菜,听得安生差点笑出声来。不过他转念一想,这大概就是他喜欢她的原因吧。

入秋后种些白菜,精心照料两个月,盼着冬天吃上有滋有味的什锦乱炖。

---

① 十字花科的绿色蔬菜。

安生的奶奶生前也是如此。老人家脱口而出的只言片语，有时会在意料之外的地方抓住你的心。

现在回家，按琴子说的种下白菜，跟希成好好谈谈，就能过上更像样的日子了？

"一天都回不来吗？"

"就一天的话……我问问能不能请假吧。"

他也确实有点想回去。

不仅是因为琴子的劝说。昨晚闯下的祸也是一方面的原因。


"白菜比你想象中大得多，间距一定要留够。"

"可白菜个头再大，直径也就三十厘米左右吧？"

"那是店里卖的白菜啦。白菜最开始会像开花一样摊开了长，过一阵子才结球，所以至少要隔开四十厘米。"

琴子发LINE催了安生好几回，说白菜的发芽温度还挺高的，让他赶紧播种。结果回家一看，琴子早就备好了自家培育的白菜苗。

安生的菜园位于花园的一角，面积也就一点五平方米左右。他把白菜苗种在最里面，水菜和芥菜的种子撒在外面。房子的西墙和篱笆之间刚好有条五十厘米宽的缝，于是他搭起爬架，种上了荷兰豆、甜豆、豌豆的苗。

认识琴子之前,这片地一直都是闲置的。安生听从了她的建议,夏天种点黄瓜和苦瓜,冬天则种种豌豆和各种爬藤蔬菜。蔬菜只能在傍晚晒到些太阳,但长势喜人。

"刚摘的甜豆最好吃了,做成菜饭更是一绝,包你以后再也看不上店里卖的。"

"种这么多哪儿吃得完啊,万一我到时候不在家呢。"

琴子沉默不语,侧脸竟透着几分紧张。

"对不起。"

经验告诉他,女人一旦露出这种神情,哪怕你不清楚原因,先道个歉总归是没错的。

"没事,这不是有我嘛。再分些给街坊邻居就是了。"

琴子微微一笑,右脸颊便现出一个大酒窝。不难想象,这个酒窝肯定在五十年前迷倒了一堆男人。

酒窝的威力不减当年,让安生无法拒绝她的要求。尽管他说不出"不"字的理由和当年的男人有所不同。

"联系过希成没有啊?"

"还没。"

"我就知道。"

"您不是不管年轻人的私事吗?"

"没管啊,就是替你们可惜。"

哗啦啦……拉开房门的响声从玄关传来,还有人说了声"打扰了"。

分明是希成的声音。

"说好的不管呢?"

安生瞪了琴子一眼。

"就是跟希成随口那么一聊嘛,"琴子装模作样道,"希成,我们在这儿!在院子里呢!"

希成穿过屋子,从檐廊探出头来。

"我带了蛋糕,要泡壶茶吗?"

希成对两人眉开眼笑,仿佛什么都没有发生过。

"好呀,我喝杯茶就走,还有点事要办。"

目送希成走向厨房后,安生又瞪了琴子一眼。

"喝杯茶就走?撂下这么个烂摊子?"

"我是真得去趟医院。"

人家都说到这个份上了,安生也不好发作。

"啊?您哪里不舒服吗?"

"不是我。儿媳妇住院了,我一会儿要跟孙女去看看。一家人好久没聚了,没想到一聚就是在医院里。"

琴子略显落寞地说道。

琴子走后，安生与希成坐在厨房餐桌的两侧，面对面喝茶。

"你真会被赶出去吗？"

希成环视四周，仿佛忘记了上次见面时的种种。

"毕竟不在我名下，总不能一直住着吧。"

"可你不是说奶奶留了遗嘱，把房子留给了你吗？"

最后那几年，安生时常来这里小住，于是奶奶留下了遗嘱，想把房子留给他。

但"没有固定工作的安生不好意思回父母家"才是实情。是奶奶收留了他，让他在"出国旅游"和"去外地打工"之间有个地方可待。他知道自己并没有照顾过奶奶，反而是奶奶一直在关照他。

"那份遗嘱是没有法律效力的。就算有，法律也会保障我那些亲戚最起码的权益，到时候还得分出去一点。"

他在打短工时认识了一个正在备战司法考试的男人，了解到了这些细节。

与其麻烦缠身，还不如痛痛快快撒手。

所幸亲戚们还没有要赶人的意思。

"要是我有足够买下这套房子的钱就好了。最后还是只能卖掉分钱。"

真到了那个时候，纷争在所难免。所以亲戚们眼下都在暗中观望，应付一天是一天。

跟安生与希成的关系有些异曲同工之妙。

聊来聊去都是无关紧要的，对真正要紧的却是闭口不谈。

"那你以后有什么打算？"

希成的反应出乎意料，也许是不想再拖了。

"怎么办呢……"

"搬来跟我住呗。上次说的可以先放一放。我不想跟你分手。"

"你能这么说，我当然是很感激的，可这样真的好吗？"

"挺好的啊。但我希望你以后不要再不辞而别了。我不会再向你提要求了，你也别再玩消失了。"

安生本可以"哦"一声，让一切恢复如常。但他干不出那么没良心的事。

"我想了很久，还是下不了养孩子的决心。"

好歹得把这个交代清楚。

"为什么？"

"我觉得自己没有养孩子的能力和魄力。财力就不用说了，还有做人的方方面面……包容力、耐心、责任感……没一样拿得出手的。"

"……哦。"

"所以，如果到时候有更合适的，你尽管去就是了。"

"你舍得放我走？"

希成落寞地笑了笑。

"不舍得也得舍得啊。"

"你真坏。"

安生心想，我确实不是个好人。

"不过……我会把工作辞了，回来住一阵子，算是给你赔礼道歉吧。"

"啊？当真？"

"毕竟给你添了麻烦，也想重归于好。不还得照顾白菜嘛。"

希成笑得愈发哀伤。

"你真坏，坏死了，"希成抬眼瞪了安生一下，"这让我怎么发火啊。"

安生和希成的争吵总是这么不了了之。


谁知风云突变。

安生被一句"能讨杯水喝吗？"吵醒。

一时间，他分不清自己身在何处。

"森哥。"

睁开一只眼睛。炫目的秋阳映入眼帘。再睁开另一只眼

163

睛，总算对上了焦。

"是你啊……"

安生呆呆地说道。早上收拾了一下菜园，然后躺在檐廊看了会儿书，不知不觉就睡着了。

"没错，是我。"

面前的人分明是玲奈。只知道名字怎么念，却不知道该怎么写的那个玲奈。

她抱着一只猫。那是出国旅行的邻居寄养在安生这儿的三花猫，叫"小玉"。邻居不肯帮忙浇水，自己出门的时候却把猫塞了过来。多不公平啊。奈何小玉实在可爱，他不忍心拒绝。照顾起来也不费事，就这么着吧。

"什么风把你吹来了？"

小玉相当怕生，在玲奈怀里疯狂挣扎。玲奈却死死抓着它不松手。见玲奈紧绷的手指没入猫的皮毛，安生心生反感。

"先来杯水呗？"

"能不能先把猫放了？"

"啊？"

"猫。它不喜欢被你抱着。"

玲奈一松手，小玉便飞也似的逃跑了。

安生缓缓爬起，挠着腰窝走向厨房。

从冰箱里拿出一瓶矿泉水，倒进玻璃杯。看着流出瓶口的水，他渐渐清醒过来，更明显的反感随之涌上心头。

不妙。

直觉告诉他，眼下的局面不太妙。

明明没给过电话号码和地址，玲奈是怎么找过来的？

但他故作平静，把水端去给玲奈。

她都没道一声谢，往檐廊一坐便喝了起来。脑袋后仰，露出雪白的前颈。

"你怎么来了？"

不等她喝完，安生开口问道。

"嗯？"

玲奈表现出令人生厌的淡定。

"你怎么知道我住这儿？"

"去办公室问的呀，让他们拿你的简历给我看。"

"亏他们肯拿……"

这年头不是很注重个人隐私保护的吗？不过渔港的汉子们都很喜欢玲奈，只要她开口，就不愁要不到。

"我说我怀了你的孩子，他们就给我看了。"

哈哈哈哈……安生下意识笑了出来。他倒不讨厌这种玩笑。

"你可真会坑我啊，他们不得恨我恨得牙痒痒啊。"

可玲奈为什么要大费周章跑来这里找他？

就在这时，他忽然察觉到——玲奈没在笑。

"你是在开玩笑吧？"

"如果我说不是呢？"

"真的？"

"真真的。"

安生不禁倒吸一口凉气。

"我……孩子……"

本想说"我可不要孩子"，但话到嘴边还是咽了回去。

"呃……那就谈谈吧。"

"嗯……"玲奈拿起脚下的旅行袋，脱鞋踩上檐廊，"我就是来找你谈的。"

她脱下的是芭蕾舞鞋，还穿着到脚踝的袜子。

她是因为有身孕才选了低跟鞋，还穿了保暖的袜子？他的思绪莫名地冷静。

"我们就那一次吧？"

安生脱口而出。

"嗯——"

玲奈的声音从里间传来，不知是不是针对这个问题的回答。

刻不容缓。

安生在十条商店街的咖啡厅等了一会儿,便看见希成推门进店。

"怎么啦,安生?晚上不是约好了吗?"

今晚的原计划是去安生家涮锅。间苗①时拔下来的水菜拿来涮,芥菜则用来拌沙拉。

希成还买了些涮锅专用的猪肉。

"堺屋肉店刚好有鹿儿岛产的黑猪火锅里脊片,我就买了点。有点小贵,不过老板说这种猪的肥肉特别甜呢。"

她喜滋滋地举起装着肉的袋子。

"是这样的……"

后半句卡在了嗓子眼。令人作呕的苦涩在口中漾开。

"怎么了?"希成总算意识到安生出事了,"脸色好差啊。"

"我要先澄清一下,总共就那么一次。"

"啊?"

"希望你在这个前提下听我说下去。"

"一次什么?"

安生咽了一口唾沫。

---

① 为保证幼苗有足够的生长空间和营养,及时拔除部分幼苗,选留壮苗。

"就是……呃……"

就是那档子事。

也就刚到渔港时的那么一次。完完全全是个意外，说成一时冲动也行。后来玲奈又找过他几回，但都被他躲过去了。

希成当然是他回到东京的首要原因。但实话实说，"被玲奈烦到了"也是一方面。

"有个女人找上门来了。"

"女人？"

希成的表情顿时一僵。

"是在加工秋刀鱼的地方认识的。"

"就是你刚去的那个渔港？"

希成猜了个八九不离十，脸上的表情从担心变成了愤怒。

"你的意思是……你跟她睡过一次？"

"嗯。"

"你傻啊！"

希成一拳头敲在安生的头上。

"对不起……"

要只是这样，倒还有挽回的余地。虽然这样也很不好就是了……

"人家找上门来了?"

"差不多吧。"

"你个大糊涂虫!"

"怎么就把地址告诉人家了?""你是不是说了什么让人家误会的话?不然怎么会找上门来呢?""你这人就是做事不过脑子!"……安生耐心等她责备完。

和接下来的狂风骤雨相比,这些又算得了什么。充其量不过是热身运动。

"你别激动,好好听我说。"

谁知希成唠叨个没完,安生只得打断她。

"干吗?"

"还不止。"

希成终于闭上了嘴,用饱含怨气的眼睛盯着他看。

"她说……她说她怀孕了。"

"啊啊啊——?"

安生心想,他这辈子大概都忘不了那声惊愕、悲伤和凄厉交织的惨叫了。

"她说她怀孕了。我跟她谈过了,她说她不想打掉。我心里是很过意不去的,可我不想要孩子,对她也没有一丝一毫的感情,结了婚也不会有好结果的,所以我劝她再考虑一下,冷静下来了再做决定……"

希成没有再吼他,也没有再责备他,只是默默地哭了起来。她几乎没发出一点声音,只有眼泪不住地流。

"可她——她叫玲奈……"

安生到现在还不知道她姓什么,名字又该怎么写。

"她说她不想打掉,想把孩子生下来,跟我结婚,搬进我家,跟我一起养孩子。"

希成左手撑着脑袋,用手掌挡住一只眼睛,低头不语,肩膀颤抖的幅度越来越大,却仍一声不吭。

"我会再跟她谈谈的。我对她还一无所知,所以……"

"……怕什么来什么。"

希成好不容易挤出一句话来。

"啊?"

"我一直怕你摊上这种事。"

"是吗?"

那怎么不早点提醒我啊。

"因为你这家伙总是到处乱跑。"

这么多年处下来,被希成称作"你这家伙"还是头一遭。

"我也不知道该怎么办了。"

希成掏出包里的手帕,擦了擦脸。泪水终于止住了。谁知刚擦完，她便又双手掩面。显然是泪水再度夺眶而出。

"我也想跟你结婚，也想跟你生孩子，都想了好久好久了……"

希成断断续续打听起了玲奈的情况。

几岁了？长什么样？哪个大学的？老家在哪儿？父母是做什么的？……诸如此类。安生把自己知道的都说了，但也答不出什么所以然来。

每听到一个答案，希成都要敲 敲安生的头，掉几滴眼泪。

"为什么是她啊？凭什么不是我啊？"

问到最后，她撂下这两句话，哭出了声。这回是真真正正的号啕大哭。

"把孩子平平安安养大，住着还完了贷款的楼房，算不上大富大贵，但时不时出门玩几天不成问题……还有你陪在我身边。这就是我理想中的退休生活。这么小的梦想，怎么就实现不了呢？"

咖啡厅里的所有人都听出他们在谈什么了。店里静得出奇，唯有哭声阵阵回响。起初还有人面露好奇，此刻却都装聋作哑，还有几桌尴尬得只能结账走人。

"我们到头来还是有缘无分啊……"

希成的呢喃仿佛是对自己的劝导。她摇摇晃晃地站了起来，走出咖啡厅。

但她没带走那袋黑猪肉。临走时,她笑着说道:"就当是给你的结婚贺礼吧。"看着都让人心疼。

"搞了半天,那姑娘压根就没怀孕是吧?"
"嗯……"

希成痛哭一周后,安生与琴子面对面吃着涮锅。

涮的是希成留下的黑猪肉。那天,安生实在没心情和玲奈一起吃希成买的肉,就把整袋都塞进了冰箱冷冻室。今天解冻一下拿来吃正好。

不过短短几天,怀孕闹剧就收场了。结局简单得很——玲奈来了月经,于是就拍拍屁股走人了。

"你怎么没在告诉希成之前核实一下呢?药店有验孕棒的,去医院也行啊。"

"我一个男的,哪儿懂这些啊。而且我这些年一直都躲着结婚、怀孕之类的关键词,所以没这方面的知识储备吧。哪怕看到了广告,脑子都会自动屏蔽掉。"

"说不定,她从一开始就没跟你说实话。"
"啊?"
"说自己怀孕,也许是为了试探试探你。见你无动于衷,她就死心了吧。"

安生没想到玲奈会对自己如此上心。

"你联系过希成没有啊?"

"联系是联系过……"

间苗时拔的水菜不过十厘米长,但质地柔软,味道很是不错。稍微涮两下,裹上黑猪肉片,再蘸些琴子带来的自制柚子醋①,好吃得根本停不下来。

即便如此,安生还是没吃下多少。玲奈来访后,他都好久没正经吃过饭了。

"我给她发了LINE,说玲奈没怀孕。"

"你就该跟希成一起吃的,何必找我呢。"

琴子指着盘子里的猪肉说道。

"她收到了,但没回我。"

"就发了那么一条?"

"嗯。"

"多发几条啊!"

"呃,我也知道自己没资格说这话,可我这一周也累得够呛,全身都使不上劲了,实在是没力气再……"

---

① 用柑橘类果汁制成的酸味调味料。

"你这人也太自私了,就会心疼自己。希成可不只是'累得够呛'啊。没想到你是这种人。"

这也是安生听得耳朵出老茧的评语。"没想到你是这种人。""真是看错你了。"……安生常在心里嘀咕,你们能不能别自说自话对我有所期望,又自说自话失望啊?

"但她好歹能松口气吧。"

"话是这么说,但她搞不好是烦透了,不想再被你牵着鼻子走了。"

今天的琴子分外冷淡。

"哦……"

"老实说,听完事情的来龙去脉,我对你都有那么点反感了。"

"对不起。"

安生垂头丧气。

"哪怕怀孕这事是假的,也不能改变你背着希成乱搞的事实。"

"……这话没错,但总共就那么一次……"

琴子收回了伸向涮锅的筷子。

"说得我都吃不下了。"

"对不起。"

"这话可不该对我说,你对不起的是希成。"

"哦……"

咕嘟咕嘟……没人碰的涮锅冒着热气。

"您说我该怎么办呢？"

"还能怎么办，只能厚着脸皮拼命道歉啊！"琴子盯着安生的脸，"你对希成是真心的吧？"

"当然。"

安生盯着涮锅的水面。

"……出事以后……我也想了很多。虽然现在想有点晚了……她……玲奈在的那几天，我一直都在想，要是希成就好了。孩子怎么就不是和希成的呢？怎么会走到这一步呢？我甚至觉得，要是真跟希成有了孩子，我说不定是能接受的。"

"也就是说，你是愿意跟希成结婚的？那就直说啊。"

"愿意是愿意，可结婚以后能不能过下去就是另一码事了。现实的问题都还没解决，各方面的情况也都没变。所以我不知道该怎么跟希成说……"

"但你好歹想过要生就跟希成生，不是吗？这应该是真心话吧。"

"嗯，是真心话，可我想来想去……"

"想太多还怎么生孩子啊。"

"哦……可是总不能不考虑性价比吧。"

"总想着性价比，这辈子就别想要孩子了。结婚生子本就是没有道理可讲的。我倒要问问你了，你现在的活法又有什么性价比可言？不就是有钱旅游，没钱打工，混吃等死吗？有什么了不起的？旅游能有什么用？"

"呃，不是都说旅游能提升自己嘛……"

"提升自己？要是能像希成那样，把自己的经历写成文章或者出书也就罢了，你提升自己又有什么用？"

琴子一反常态，话里带刺。

道理都懂，用不着琴子提醒。所以他一直都在逃避，从不深入思考自己的人生。可挨了这么一通狗血淋头的骂，是个人都憋不住火气的。

"非得搞出点成果才行吗？我觉得只要能提升内在就行了，能过上自己满意的人生就足够了。"

"满意？那你自个儿满意去吧！"

琴子起身离席，看来是真动了气。只见她一把抓起随身带来的包，走向玄关。

安生急忙追上去。

"性价比？哈哈哈……你要那么看重性价比，不如买块豆腐撞死算了。一了百了，最有性价比了。死了就不用吃饭修房子了，也不用买衣服了，什么钱都不用花，更不用辛辛苦苦打工赚钱。"

琴子一边走，一边没好气地说道。

"要是你爹妈纠结性价比，你压根就不会站在这儿。"

琴子在玄关穿上鞋，转身看向安生。

"人生就是没有道理可讲的。可要是没那些没处说理的事，我们省吃俭用又是为了什么呢？总不能是为了国家经济吧？接受'我活着'这件事，就是省吃俭用的前提。你得先想明白'不存在什么性价比'，然后再谈勤俭节约。否则我这样的老太婆还活着干什么啊，死了才划算呢。"

"对不起，我不是那个意思……"安生光着脚下到水泥地，死死抓住琴子的衣角，"我错了，真的对不起，您别走啊！"

"你个傻小子！"

琴子猛敲安生的脑袋。下手相当狠。

"……我还是头一回打别人家的孩子……"琴子长叹一声，"我也说得太重了，对不起啊。"

"我该怎么办啊？该怎么跟希成……"

"带上鲜花和甜品去找她，老老实实说出自己的心里话，跪下来给她道歉，然后……"

"她要是不肯原谅我呢？"

"鲜花，甜品，下跪。一次不行就跪两次。然后跟她求婚。"

"啊？"

"不是都下定决心了吗？"

真想好了？真的下定决心了？

安生抓着琴子的衣角，低下了头。

"别嫌我啰唆啊，你就得这么抓着希成，千万别松手。"

琴子指了指抓着自己衣服的那只手。

"你这人确实糟糕得很，却能让女人对你抱有期待，觉得你内心深处也许有好的一面……有温柔善良的一面，于是总也放不下你。看到你这么抓着我，我都忍不住要琢磨，也许你在心里藏了点什么，也许真正的你不是这样的。简直是耍赖嘛。"

没错。安生乍看和善，人见人爱。相处得久了，旁人便会觉得他辜负了自己的期待，怒火中烧。

"我也不是说你非得结婚不可，非得有个孩子不可。可你心里是有希成的，也不想失去她，不是吗？那就该好好谈谈，找一个折中点啊。只有一方忍气吞声的关系是不会长久的。"

"哦……"

真能找到这样的折中点吗？

安生在公寓门口站了许久，终于等到了回家的希成。

只要跟人目光相交，他就会下意识地咧嘴一笑。但她当然没有回以微笑。

这是他来希成家"报到"的第三天。公寓楼有门禁系统,他进不去。

前两天没蹲到人,他只好把买来的"甜品"(前天是琴子的东家凑屋的栗子羊羹,昨天是巧克力可颂)塞进希成家的信箱。

希成全无反应。

今天从中午十二点等起。

这样总能等到回家或出门的希成。反正他有的是时间。

希成是晚上八点多回来的。也就是说,安生在外面等了八个多小时。

虽说是九月底,可阳光依然强烈。

头戴在越南买的农家斗笠,还有水壶随时补充水分,连折叠椅都带了,可谓是全副武装。为了打发时间,他还带上了丸谷才一①的《横时雨》,小开本的文库版。

赤羽深处的住宅区很是僻静。偶尔有路人投来怀疑的目光,所幸至今无人报警。也许是因为安生带了椅子,被错当

---

① 丸谷才一(1925—2012):日本小说家,现代文坛代表人物之一,曾荣获日本文化界至高荣誉朝日奖,并被日本政府评为"文化功劳者"。丸谷才一的作品文笔精致,风格独特,先后获得芥川龙之介奖、读卖文学奖、川端康成奖、泉镜花文学奖等多项日本文学大奖。

成了人流量调查员。

"希成!"

见希成瞥了自己一眼便要进屋,安生大声喊住她。

"好歹收下吧。"

今天,他听从琴子的建议,带了一小束花。在商店街的花店买的,花了他五百块。在外面晒了大半天,花都有些蔫了。

至于甜品,他实在想不出还能买啥,于是就在商店街的面包房买了一整条吐司。那家店只卖吐司,生意特别好,每天大排长龙。

"什么时候来的?"

希成一边输入门禁密码,一边问道。

"中午。"

"等到现在?"

"嗯。"

"你傻啊?"她低头看了一眼吐司,"这么多哪儿吃得完啊。"

"吃不完就扔了吧,没关系。"

"我可不是会浪费粮食的人。"

话音刚落,安生就把手里的东西一撂,五体投地。

"真的对不起!我也不奢求你原谅,只想让你知道我心里有多过意不去……"

他只能感觉到希成深吸了一口气。

"总之……对不起!都怪我稀里糊涂,干了蠢事。"

由于听不到一丝动静,他只得战战兢兢抬头望去。

见希成面色哀伤,纹丝不动,安生赶紧低下了头。

"对不起!"

"对不起?你拿我寻开心啊!"

伴随着臀部的剧痛,他整个人横倒在地。

安生意识到,自己是被希成狠狠踹了一脚。他痛得一时喘不过气来,看来希成是一点都没脚下留情。

对了……希成上初中和高中的时候是女足队的,还入选过县代表队呢。

"你就收下吧,买都买了……"

希成转身就走。安生紧跟上去,想方设法把礼物塞到她手上。

她跟机器人似的,不带一丝感情地接了下来。

"我就是想告诉你……"

光是开口说话,他浑身都痛得不行。

"她在我家那几天,我一直都在想:'要是希成就好了。'孩子怎么就不是和希成的呢?'"

希成默默俯视着他。

"我一时半刻还下不了结婚的决心,可我要是真有结婚的一天,那对象只可能是你。我们就不能再谈谈吗?"

"啪"。

安生送的那束花被希成砸在他的头上。小花散落一地。

"想得够美的啊!"

"那……那……那我还能给你发信息、打电话吗?"

"……不知道。"

说完,她就走进了门厅。

她的背影淡出视野后,安生缓缓起身。好像没骨折,只是全身都痛。他拿起折叠椅。

今天就先这样吧。

希成也没说"别再联系我了"。那就说明还有希望。

明天再来吧。

他一无所有,但有的是时间。

这些年来,他总想过一身轻的日子。也许,这还是他第一次如此执着于一个人。

怎么样才能让她明白自己的心意呢?

安生拖着铝合金折叠椅,踏上归途。

# 第5章
# 熟年离婚[1]的经济学

离婚并不是人生的终点，
而是新生活的开始呀。

---

[1] 特指"结婚多年的老夫老妻因种种原因离婚"。

久违的小家，竟有那么几分陌生。

有股刺鼻的气味。算不上"恶臭"，却是之前从未注意过的独特气味。

原来我家闻着是这个味道的？

御厨智子略感困惑。

她只得自我安慰——住了十天医院，刚回来难免会有些不适应的。

"我回来了。"

她明知无人回应，却还是说了出来。不过是简简单单的问候，却能让她感到一丝安心。

走到客厅，坐在沙发上。下腹仍有些不适。

房子是二十三年前盖的，办了三十年的房贷。提前还了一点，还没还清。

但无论怎样，这都是她的"家"。

养护独栋房的开销比想象中大多了。每五年粉刷一次外墙，顺便检查屋顶。门口那片巴掌大的空地上种了好打理的常春藤（爱好园艺的婆婆推荐的）。角角落落当然也是经常打扫的。

她自认对这个家投入了相当多的精力和金钱。

可眼前的家显得杂乱又陌生。

她平时很注重整理收纳，几天不收拾也称不上"凌乱"，但目光所及之处好像都蒙着一层细细的灰。婆婆明明来过几次，帮忙打扫过的。

老公怕是没动过吸尘器，甚至没用静电拖把擦过地。也许是因为刚从一尘不染的医院出来吧，她觉得非常烦躁。真想好好打扫一下。

问题是，她十天前才做了开腹手术。医生让她静养一个月。

"大家出院以后记得使劲使唤老公啊。"

出院小结时，妇科护士长如是说。

"现在老公对你是有求必应的，一心想为你做点什么。有什么要求尽管提就是了。"

护士长狡黠一笑。

病人们都被逗乐了。也可能是即将出院的兴奋让每一句话都变得分外有趣了。自不用说，智子也笑了。

——对方没那个能力，想使唤都使唤不动啊。

智子躺在沙发上自嘲道。

老公和彦一点家务都不会做，也没有学的意愿。

智子住院期间，他每晚都去一公里开外的婆婆家吃晚饭。听说婆婆有时还会帮他把第二天的盒饭做好。

婆婆明明是个家务好手，做得一手好菜……不，应该说正因为她自己能干，才从没教过儿子。

刚结婚时倒还好。

智子年轻时恰逢泡沫经济时代，是所谓"都市白领丽人"。她们被贴上了"泡沫亲历者""新人类""全国统考一代"等标签，经常受到"碰上了好时代却不知道脑袋瓜里在想什么"之类的嘲笑。但智子觉得，她们这代人也被灌输了不少老观念。好比她一直都觉得，男人不干家务是理所当然的。

看着现在三四十岁的那批人，她不由得羡慕。对自己那两个二十多岁的女儿，就更是超越了羡慕的范畴。

总有人冷嘲热讽，说"你们这代人肯定很好找工作吧"。殊不知泡沫破灭后，她们也没少给上一代收拾烂摊子。人们笑话她们是"脑袋空空的新人类"，却又把男尊女卑强加在她们头上。

那个时代也没有大家说得那么轻松。

尽管她穿过垫肩外套和紧身裙，也留过高高竖起的刘海。

有免费司机和免费"饭票"前呼后拥又怎样？一旦结婚

成家，男主外女主内便是常态。大家都觉得老公不做家务是理所当然的，智子的娘家本也是如此。

但老一辈好歹在军队（智子的父亲就毕业于陆军士官学校）学过几手，关键时刻做个饭、打扫打扫卫生还是不成问题的。还记得母亲住院的时候，平时从不做家务的父亲竟然做了味噌汤，还煮了饭，这让智子大感惊讶。

和彦那一代人则是"只要好好学习就行"，被母亲宠得一点家务都不会做。智子的朋友们的老公也都半斤八两。

今天本该是女儿们接她出院。

"对不起啊，妈妈，出院那天刚好是佐帆的幼儿园体验日！"

一周前，老大真帆急急忙忙打来电话。

"没关系，不要紧的。"

"你放心，我让美帆去，她都请好假了。"

谁知美帆也联系她说："有个重要的汇报因为客户有事改到出院那天了。

"要不然我问问奶奶吧，她应该有空的。"

"不用了，不用了，我自己回去好了。"

说实话，她可不好意思麻烦七十三岁高龄的婆婆。婆婆跟女儿们来医院探望过，还天天给和彦做饭。更何况人家半年前刚找了个兼职，不能再给人家增加负担了……

"我本来就打算自己回去的，打个车就是了。"

"可你还不能提太重的东西啊。"

"也没多少行李啦。真搬不动也没事，可以从医院寄回家的。"

两个女儿都没说"要不让爸爸去接"，也没问"爸爸那天有事吗？"。

因为在她们的记忆里，爸爸一直都是这样的。她们早就对"不关心家务事的父亲"习以为常了。

但老公的淡漠也让智子得以随意处置家里的事务。怎么做家务，怎么带孩子，钱要怎么花，都是智子说了算的，他没提过一点意见。只要家里负担得起，报什么兴趣班和旅行团都行，他没有一句怨言。无论是赌博还是喝酒，他都只是象征性地参与一下，也从没对她动过手。唯一的爱好就是打高尔夫，每月兴冲冲地出门打上一两回。智子也明白，那不是有恶意的漠不关心。

和老一辈聊起这些，对方的第一反应肯定是——"你还有什么不满意的？"

但刚出院的智子躺在布满灰尘的自家沙发上时，还是有种无可名状的落寞涌上心头。

今天明明只办了个出院手续，智子却不知不觉在沙发上打了个盹。

——今晚可以出去吃，叫外卖也行。

她是被老公发来的短信吵醒的。

对了，还得做饭呢。

虽说早有思想准备，但智子还是忍不住叹了口气。

在五花八门的家务中，和彦最不擅长的就是做饭。结婚这么多年，智子都没吃过他亲手做的东西。

——那就叫外卖吧。

叫个比萨吧……她站起身，看向贴在冰箱门上的传单。信箱里偶尔会有这种传单，智子总觉得说不定哪天会用上，就留了几张。女儿们搬出去以后，家里几乎没点过这种东西。

看着色彩鲜艳的比萨图片，智子又叹了口气。为什么非得吃这么油腻的东西呢？

"可以"出去吃，叫外卖"也行"。

她才刚出院，懒得出门跟老公碰头下馆子，所以才随手回了"叫外卖"。可她一点都不想吃外卖的那些东西。

如果病的是他，住院的是他，他会在刚出院的时候生出"叫外卖也行"的念头吗？他有没有设想过这样的情况？

智子打开冰箱，倒了些米，仔细淘洗。她习惯每次只买一点点米，装在饮料瓶里，放进冰箱的蔬果室，再加一点同样放在冰箱里的发芽糙米和杂粮米。

趁着煮饭的工夫用小锅熬些高汤，加些油豆腐和葱花。食材都是提前切好冻着的。再翻翻干货架子，加了点面筋。

汤里没放蔬菜。"可今天没时间买菜，也只能凑合一下了……"智子自言自语道。

住院前，智子几乎清空了冰箱。

她在冰箱冷冻室翻到了中元节收到的味噌腌猪肉，是方便的真空包装。解冻了当小菜吧。

本以为家里什么都没有，没想到真能做出一顿饭来。智子心有感慨，却还是连连叹气。

虽然做了开腹手术，但没受太大的罪。不过医生嘱咐过"不能久站"。所以做饭的时候，她会时不时坐在餐桌旁的椅子上喘口气。

手机响了一声，又是和彦的短信。

——吃不消的话，就让妈来一趟吧？

智子和婆婆处得还不错，可今天让婆婆来帮忙，只会增加她的心理负担。她急忙回复道。

——妈也有工作要忙，今天就算了吧。

和彦也是好心。奈何这位相伴三十多年的枕边人常会干出些不着边际的事情。

智子长叹一声，仿佛要把体内的空气都吐出去。

和彦回到家，一看到桌上的饭菜，便淡淡来了一句："你做了饭啊。"然后换上家居服，打开电视，动了筷子。

孩子们独立后，这便是夫妻俩用餐时的常态，智子对此并无不满。

可是吃着吃着，她的脑海中便浮现出了一句又一句的话，想一股脑说给眼前那个边看电视边吃饭的老公。

而且她也担心，自己跟平时一样做了饭，会不会让和彦误以为"老婆已经没事了，生活可以回归正常了"。

"我不想吃比萨。"

"嗯？你说什么？"

和彦看向智子，脸上还残留着被电视节目勾起的笑意。

"我本来也不想做饭的。只是病号餐实在是吃腻了，我又懒得出门下馆子，就想吃点家常菜，哪怕简单点也行，所以才自己动手做了。"

智子瞥了眼丈夫面前的饭菜。菜式跟自己那份一模一样。

味噌腌猪肉总共有五片，丁是她分了两片给自己，其余的三片都给了和彦。

一看到多出来的那片肉，智子便觉得心里有股无名火。

这些饭菜可不是专门为你做的。我是为自己做的，你不过是沾了我的光。可我总是下意识地给你更好的，更多的。

老公上班辛苦，你得好吃好喝伺候着。老公是赚钱养家的顶梁柱，你得把他放在第一位。你要感激老公的付出。

这些话在智子耳边回响。是亲妈说的？还是婆婆说的？不，没人当面跟她说过。但这些观念早已渗入五脏六腑。

"临出院的时候，医生嘱咐我一个月内不能久站，你也听见了吧？"

出院前的那个周末，智子跟和彦一起见了医生。和彦只能在不上班的日子来医院。

"所以我才问你要不要让妈来一趟啊。"

"妈要是来了……"

智子觉得全身的劲都泄了，没有了说下去的气力。

"妈主动问了好几次呢。你要是不乐意，让真帆、美帆回来搭把手也好啊。"

女儿们有自己的生活。

"她们也很忙啊。"

"那还能怎么办？"

和彦自以为在"力所能及"的范围内表现出了足够的体

贴。实际上也确实如此。

"妈妈,你也怪不得别人——"

还记得真帆说过这么一番话。

"爸爸不会做饭干家务,你教教他不就行了?你和他在一起的时间可比奶奶养他的时间长多了,总不能怪奶奶没调教好吧。"

两个女儿都跟奶奶亲,总是帮奶奶说话。

可刚结婚时,和彦的工作强度比现在还大,天天都忙到深更半夜才回家。有了孩子以后,智子忙着带孩子,忙着操持家务,更没闲工夫从零开始调教老公了。费时费力教别人,远不如自己动手来得轻松。

而且和彦天生笨手笨脚的,是那种做什么都磨磨蹭蹭的类型。说不定婆婆也是因为这一点才死了教他做家务的心。

问题是,以后怎么办?

住院的现实,让智子忽然琢磨起了夫妻俩的晚年生活。

难道我要给他做一辈子的饭吗?万一我走在了他前头,他准备怎么办?天天下馆子、叫外卖吗?

不用说,他肯定连想都没想过。

和彦还盯着电视。智子看看他的侧脸。

查出问题后,她连坚持了好些年的英语班都顾不上去了。

和婆婆一起搞的年菜班也延期了。也许是因为这段时间三天两头跑医院吧,情绪不好也是在所难免的。

出院几天后,好友河野千里上门探望。

"你啥都不用准备,我自带茶点。"——千里如约带上了缀满水果的派和瓶装的冷萃绿茶,都是银座百货店的高档货。听说现在就流行用酒瓶装的茶。一出手就是最时髦的,千里的品位果然不一般。

"哎哟,你可比我想象中精神多了。"

听到好友的这句话,智子总算有了"出院回家"的切身实感。

"总共也才住了十天嘛。"

"可护士刚把你推出来的时候,你整个人缩在床上,我都惊呆了,心想'原来小智才这么大点啊!'……"

手术当天,女儿真帆和千里守在手术室门口。

"多谢你那天来医院陪我呀。"

智子不由得感慨万千。

其实外孙女佐帆也来了,但小丫头很快就等烦了,闹个不停。

"没事的,真帆,你先回家安顿下小朋友吧,千姨在这儿守着，好了随时叫你。"

多亏千里给真帆解了燃眉之急。

"术后谈话是一定要家属来的，你在那之前赶回来就行。"

千里年轻时当过空乘，做事麻利又周到，什么事都能给你安排得明明白白，真帆甚至来不及跟她客气。

"真帆也特别感激你，直说'千姨就是细心'，谢谢你啊。"

"客气啥，都说这年头每两个人里就有一个要得癌症，说不定哪天就轮到我了呢。学着点总没坏处，就当是社会实践嘛。"

这种不给对方增加心理负担的说话技巧，也是千里的优点之一。

"还要接着治吗？手术切干净了没？"

"医生是这么说的……"

半年前，智子参加了和彦的公司安排的家属体检，查出一处可疑病灶，医生高度怀疑是子宫内膜癌。她跑了好几家医院，连主打民俗调理的诊所都去了。有中医给出了"不做手术"的选项。犹豫过后，她还是在御茶水的大学附属医院做了精密检查，敲定了手术日程。

医生给出的诊断是"I期"，说白了就是早期。不过医生也说，具体分期得看术后病理。

"手术切下来的癌组织送去做病理检查了。如果做出来是

IA，就不需要化疗。可要是 IB，就得再化疗半年。"

"什么时候出结果啊？"

"两周后吧。"

"现在还啥也不知道啊？"

"嗯，所以我还挺慌的。"

智子本想跟老公聊聊这些。可和彦似乎觉得，他们都一起见过医生了，何必再多讨论呢。

"哪天去拿结果定了没？"

"嗯，下下周四。"

"要不我陪你去？"

"谢谢你啊……"

简简单单一句话，就足以让智子发自心底地欢喜，觉得心里暖暖的。

"我应该应付得过来，万一不行……搞不好还真得拉上你。"

"反正我那天有空，有需要随时叫我呀。"

智子不由得想，还是朋友靠得住。

"不过就算真要化疗，也不用愁眉苦脸的嘛，反正也就半年，能这么早发现就够走运的了。"

千里特别会安慰人。

"也是。"

刚出院没几天,家里的大扫除还没做,总觉得浑身不得劲。不过智子很庆幸自己能在这个时候跟千里聊一聊。

蛋糕都吃完了,千里却没有要走的意思,一会儿摆弄杯子,一会儿对齐盘中的叉子。

智子一直在讲住院期间的趣事,好比同屋的"老佛爷"和奇葩护士。讲着讲着,她忽然意识到,今天的千里有点反常。

"千里,你是不是有心事啊?"

千里低着头摆弄茶具,一副难以启齿的样子。真是太阳打西边出来了。

"……是这样的……我要离婚了。"

这话来得着实突兀,惊得智子差点忘记了呼吸。

"确定要离了?"

"嗯,谈得差不多了。刚好是你查出来那会儿闹起来的,所以没来得及告诉你。"

"你和义昭不是挺恩爱的吗?"

千里当过空乘,老公义昭在某大型航空公司上班,两人算是职场恋爱。双方都是高个子,年轻时就很登对。千里二十岁出头的时候对未来很是迷茫。关键时刻,同年入职、跟她关系一直不错的义昭开口求婚——"干脆嫁我得了。"当年智子听说的时候,还觉得这句话虽然朴实无华,却洋溢着豪气。他们的独生女千晶还在上大学。

"家里出了那么大的事,你还来医院看了我好几次,真是难为你了。"

这几个月,智子光顾着唠叨自己在医院接受的各种治疗和对症措施,都没问过千里的近况。千里只是默默听着,时不时点点头。光是这样,智子心里都会舒坦不少。

"没事没事,刚好分散分散注意力嘛。呃,这么说好像也不太合适……"

为"要不要做手术"犹豫不决时,是千里这个外人推了她一把——"作为你的好朋友,我希望你接受最先进的治疗。我不忍心看到你因为现在选择了不做手术而后悔。"

"没关系的,你千万别放在心上。"

离婚的理由老套到了极点。

"他早就有外遇了,我却一点都没察觉。"

无巧不成书。

"一天中午,我看了个关于熟年离婚的专题节目,里面提到了几个'丈夫有意离婚时的典型表现'。看着看着,我发现每一条都能跟义昭对上……"

节目组给出的典型表现有以下四条:

① 连日晚归；

② 拿着手机进浴室；

③ 打听妻子的收入和存款；

④ 用电脑或手机查询房源。

"第一条还是很好理解的，就是假装自己工作忙，找各种借口会'小三'。第二条也一样，'小三'随时都有可能发信息过来，不想被老婆看到。第三条也中了，就说明老公真动了离婚的心思，在心里算计要分多少钱给老婆。"

节目并不是很严肃的那种，现场观众边听边笑。

"我起初也是笑着看的，心想'还有这种事啊'。"

看着看着，千里就笑不出来了，泪水夺眶而出。

"因为前三条都中了。哭出来以后，我才意识到自己早就起疑心了，却一直在自欺欺人，装作没发现。"

我可真傻，明明早就猜到了——千里难为情地笑了笑。智子看着她的脸庞，握住好友的手。

"那个节目说，如果四条全中，挽回的可能性就很渺茫了。只有前两条的话，还有一点希望。"

千里战战兢兢地打开了夫妻共用的电脑，查看浏览记录。

不出所料，浏览记录里全是房产中介的网站。SUUMO、LIVABLE、HOME'S……义昭搜过公司附近的地铁房。

"然后就跟雪崩似的……"

面对千里的质问,下班回家的义昭提了离婚。仿佛这就是他翘首以盼的好时机。

"他一年前不是跳槽了嘛。"

义昭刚从大型航空公司跳槽到一家新成立的廉航当高管。

"所以我一直安慰自己,他刚换了工作,回家晚也是很正常的。原来人家在新公司勾搭上了一个年轻的空姐,就是那种跟打工妹差不多的合同工。"

千里当过空乘,平时绝不会用"空姐"这个词。不难想象,是此刻的心境逼得她非用这个称呼不可。

"他居然说,'反正千晶也成年了,是时候换个活法了',然后就搬出去了。我们都请了律师,正在谈条件呢。"

"……你……你甘心吗?"

"嗯……起初我还挺有把握的,觉得只要我不在离婚协议上签字盖章,就能一直拖着他。可律师告诉我,时代变了……"

"啊?是吗?"

"我找了个专打离婚官司的女律师。她明确告诉我,'家里红旗不倒,外面彩旗飘飘'是无数男人梦寐以求的生活,所以就这么拖着他,等他回头也不是不行。可就算他是过错方，只要分居时间足够长，法院也是有可能判离婚的，这样的案例越来越多了。分居几年就判离婚的情况也是有的。"

"几年？那不是一眨眼就过去了？"

千里点点头。孩子们长大离家后，日子过得飞快。

"听律师这么一说，我反倒清醒了。谁要跟一个在老婆和'小三'之间摇摆不定的男人纠缠不清啊。优柔寡断可不是我的行事风格。

"有好多东西要分呢，存款啦、贷款啦……到时候给我出出主意呗？"——说到这里，千里眼中泛起了泪光，但此刻的她仿佛比平时更加意气风发。


常言道，"条条大路通罗马"。不过四十五岁生日过后，智子便总结出了一条心得。

对五十岁上下的女人来说，"条条不适通更年期"就是毋庸置疑的真理。

第一次"觉醒"……或者说"领悟"发生在四十五岁时。现在回想起来，那时的自己还很年轻。

当时的症状是" 到初夏就特别爱出汗"。夏天出汗倒也不稀奇，可她早上起床时，脸、脖子和胸口都是湿透的，头发也跟刚淋了一场暴雨似的。

难受得她常常在凌晨醒来。

只能在枕边放上干净的T恤和毛巾，以便随时更衣。换下来的睡衣竟是沉甸甸的。还要顺便上趟厕所。

智子本就是不容易睡着的体质，"一醒就睡不着了"也是常有的事。

年轻时，她可没有起夜的烦恼。奶奶生前时常抱怨"晚上要跑两次厕所，折腾死了"，她当时都没有概念。

为了防止盗汗，她不得不开着空调过夜。可空调吹久了，手脚又会冰凉水肿。只能把空调开得很低，用被子盖住下半身。不知道的人怕是会觉得她奢侈。

这并非盛夏时节特有的烦恼，会从五月中旬一直持续到十月。

年过五旬后，智子就跟和彦分房睡了。因为夫妻俩的体感温度相差太多，和彦也受不了她总是在黎明时分摸索着起床。所幸两个女儿因结婚、就业相继搬了出去，不愁没有空房间。

紧接着降临的便是心悸和气短。半夜里心脏突突地跳，跳得她直发毛。

她觉得自己肯定是得了什么病，于是去医院查，还找人打听，查各种资料。起初还以为是甲状腺出了问题。谁知内科医生告诉她,甲状腺的检查结果一切正常。

"嗯……考虑到您的年龄……"被有点帅的小医生这么一提醒,智子才反应过来——莫不是更年期?去妇科诊所一查,雌激素明显偏低。

事态一发不可收拾,更年期的各种症状接踵而至。

入睡困难、失眠→更年期

头晕耳鸣→更年期

四肢莫名瘙痒→更年期

皮肤干燥→更年期

智子还用着"老人机"。手机店的店员、两个女儿和婆婆都劝她换个智能机,她却死活不肯点头,非说"这个就够用了"。不过老人机也确实能满足"查资料"的需求。

打开浏览器,输入自己的不适症状。在网页上列举出来的原因里,总会有"更年期"这三个字。

最后连右手无名指都开始痛了,一弯就有肌腱被拉扯的感觉。

这总不能是更年期吧,肯定是用手过度。

网上说可能是"腱鞘炎",比如"扳机指[①]",但最后带了

---

[①] 局部有酸痛,影响指或腕的运动,屈肌腱鞘炎有时伴有弹响。

一句——"常见于更年期女性"。

苍天啊,更年期竟然连手指头都不放过……

智子终于死心了,接受了"条条不适通更年期"的事实。

泡沫经济时代和老同学去意大利旅游时买的 La Perla(拉佩拉)内衣被她收在了衣柜的最深处。

香槟色的真丝内衣缀满蕾丝,精细得让人惊叹。可惜料子已经变色了,她也没有勇气穿了。

体重明明和以前差不多,可几乎没有塑身功能的内衣怕是兜不住她的"肉"。如今,体寒的她最为仰仗的就是十条商店街服装店"紫屋"的保暖内衣。

第一次去"紫屋"时,智子刚过五十岁。

她早就知道商店街里有这么一家店了,但从没进去过。

常有电视节目组过来采访。据说店里的东西之所以便宜,是因为店家批量收购了一线厂家的断码断色货。看节目的时候,她也会感叹"这家店还挺会做生意的",却没有要进去逛逛的想法。

店门口总是摆着几个大纸箱,上面贴着手写的价签,诸如"短袜 60 元 / 双""连裤袜 99 元 / 条"……住在周边的老太太们围着纸箱细细翻找,几乎把脸都埋进去了。

说实话,智子拉不下那个脸。真去翻了纸箱,还算哪门子的女人啊。

反正她平时也不穿短袜。连裤袜都是去新宿时顺便上百货商店买的,用不着在商店街买。买好的,小心翼翼用上好几年——她一直觉得这样才更省钱。

谁知几年前,智子要跟和彦去参加领导的葬礼。时值三月,天还很冷。在毫无遮挡的室外站上一阵子是不可避免的,于是她去了趟百货店。奈何阳春将至,店里已经找不到能搭配丧服的黑色厚连裤袜了。

回家时路过十条商店街,"紫屋"映入眼帘。智子下意识停下了脚步。

"请问……有没有特别保暖的连裤袜啊?能穿去葬礼的那种……"

她忐忑地询问比自己稍年长些的店员大姐。没想到对方爽快地回答:"哦,有的有的,穿着可暖和了!"

大姐递来的黑色连裤袜是百货商店从来都不卖的"加绒超厚款",而且只要两百九十九元,便宜得吓人。借着这个机会,她鼓起勇气走进了敬而远之多年的"紫屋",买了几双厚厚的家居袜和加绒保暖内衣。

葬礼期间,多亏加绒超厚款黑色连裤袜抵御北风,温暖智子的双脚。

于是乎，智子成了"紫屋"的忠实顾客。

去商店街采购时，她总会忍不住进去逛逛。冬天的"保暖内衣"种类繁多，想必是因为"紫屋"专做中老年女性顾客的生意。

久而久之，家里的一个抽屉就被"紫屋"出品的新内衣塞满了。女儿们老拿这事打趣。

不过，走进"紫屋"让智子着实松了一口气。

因为这一步，让她有了"我是个大妈"的自觉。

大妈专用的内衣舒适好穿。身上暖乎乎的，走路的步子都轻盈了许多。

智子经历过被男生追捧的泡沫经济时代，总觉得女人就得有女人的样子，至少也得做一个"漂亮的"妈妈。

成功转型为"大妈"，反而让她卸下了心头的重担。

癌症就是在这个节骨眼上查出来的。

道出心事后，千里时常在深夜打电话来。好在智子跟老公分房睡，可以像上学的时候那样毫无顾忌地煲电话粥。

"我们是三十岁结的婚嘛，这二十五年攒下来的东西都要平分。虽然我这些年一直都是家庭主妇，但是从法律的角度看，老公的收入也有我的功劳。"

聊的话题却与学生时代大不相同，三句话不离钱。

"哦……可你知道老公婚前有多少存款吗？我可想不起来。"

"对吧，是个人都想不起来的。可义昭居然记得好多细节，说他结婚前存了三百万，婚礼的钱除了用礼金付的那部分，都是他和他爸妈出的。我早就忘光了。"

千里穿得很精致，衣着入时。智子还是头一回听她聊起这么琐碎的财务问题。

"真没想到……我还以为他是那种很豪爽、不太计较钱的人呢。"

还记得千里和义昭结婚前，她跟两人一起吃过饭。当年的义昭是绝不会让她们埋单的。虽说是大环境使然，但他确实是那种不让女生掏钱的男人。

"我也是啊，没想到离婚能让一个人换了副面孔，想想都吓人。"

千里自嘲地笑了笑，智子听着都揪心。

"话说前几天，我去听了一场关于离婚财务问题的讲座。讲师是那个经常上电视的黑船崇子。"

"还有这种讲座啊？"

"网上一搜就有……她用老夫老妻的平均数值帮我大概算

了算离婚后能拿到多少钱,还有以后要花多少生活费。最后的结论是,不离婚的经济压力更小。"

"也是……"

"不离婚的话,老了以后每个月能领到国民年金十三万加厚生年金十万,总共二十三万。没工作的老夫妻的月平均支出不到二十五万。不够花的话,动用一点存款也不会有太大的问题。当然啦,前提是不生大病,生活可以自理,也不出门旅游。"

"能领到这么多就不愁了。"

人可真势利啊。讨论的明明是好友的离婚问题,智子却暗暗松了一口气。至少她家眼下还没有闹出离婚危机。

"我跟义昭是同龄人,三十岁结的婚,婚龄二十五年。他大学一毕业就找了工作,到现在总共干了三十三年。所以要按三十三比二十五的比例分,大概是四比三吧。养老金、存款和退休金都按这个比例来。据说离了婚以后,养老金会少很多呢。国民年金对半分,但厚生年金是按大约四比三的比例分的。比如国民年金是两个人各拿六万五,厚生年金是他拿五万七,我拿四万三。可这些钱要六十五岁以后才能领。而且接下来的五年是新欢给他当贤内助,所以还得扣掉这部分。"

"才五年也要算啊?"

"嗯。还有义昭跳槽的时候拿的安家费什么的,我们都存起来了,大概有个两千万吧。"

千里的女儿上的是私立完中。他们还在新宿区买了楼房。这样还能存下两千万……智子不由得感叹,航空公司给的就是多。

"这笔钱也是四比三。他拿大约一千一百四十二万,我拿大约八百五十七万。听说女性单人家庭的开销会比男性大一点,平均下来一个月要十五万左右。像我这种离婚后的前十年还不能领养老金的情况,假设每个月打工赚七万,不够再用存款,过个八年也会把存款用光!也就是说,还没开始领养老金,我的存款就要见底了。"

"啊?只够用八年?你到时候才六十三啊!"

智子惊得抬手捂嘴。

她不忍心想象千里身无分文的样子。毕竟好友一直都是个和"穷"字不沾边的人。

"现在住的这套房子要怎么处理也是个问题。考虑到千晶,我们娘俩应该会继续住下去,还剩下的房贷。义昭想把这些年还掉的贷款用作精神损失费。这样总比无家可归好吧,可一个月一个月地还下去,天知道我能撑多久。"

智子无言以对。

"可有时候吧,我还是会忍不住琢磨,事情怎么就变成了这样呢……一眨眼，什么都不一样了。"

也难怪啊。智子只得尽力安慰："心里不开心就找我说说吧，虽然我也只能当个听众。"

挂电话前，千里建议智子"认真考虑一下自己的财务状况"。

于是第二天，智子翻开存折，决定看看家里还有多少钱。

不看不知道，一看吓一跳。本以为积蓄还有不少，谁知都快见底了。

钱不知不觉花完了。

没有在商场栽跟头，也没有吃喝嫖赌、铺张浪费，更没有遭遇诈骗。不过是平平淡淡地过日子罢了。

老大真帆高中毕业时，智子与和彦手头还有八百万的积蓄。

刚结婚的时候，婆婆送了一本羽仁元子老师的"模范家庭账簿"，如此叮嘱道："倒也不用抠抠搜搜的，但最好把每一笔开支都记下来。"

智子的老家在中国地区[①]。父亲是本地公务员，一家人住着祖父母留下的大宅子。

家境不算富裕，但不用交房租，而且家里常有街坊邻居

---

① 日本本州岛西部的山阳道、山阴道地区，包含鸟取县、岛根县、冈山县、广岛县和山口县。

送的菜，所以她从小到大对"节俭"毫无概念。

大家都觉得"住乡下开销小"，但在智子的老家，家家户户都至少有一辆代步车，买上两三辆都是常有的事。而且乡下有许多城里没有的"人情往来"，花钱的地方还挺多。

亲戚邻居办白事，礼金肯定是免不了的。办庙会也得凑份子给神社或居委会，订购统一的浴衣。亲戚家的孩子考上了大学，找到了对象，那当然也是要给礼金的。智子也没少拿这样的红包。

毕竟是小地方，各家的财务状况几乎都是公开的。不按规矩凑份子，买吃食、买车的时候抠抠搜搜，就会被人指指点点。

在老家，节俭绝不是美德。

琴子、和彦和当时还在世的公公第一次上门会亲家时，就只带了一盒红薯糕。虽说两边提前通过气，说好了"不要铺张浪费，一切从简"，可智子的父母还是结结实实吃了一惊。直到现在还有亲戚笑话智子，说她"被一盒红薯糕拐走了"。

结婚后，陌生的城市生活让智子不知所措。不过东京特有的冷漠让她颇感畅快，就跟躺在家里伸展四肢一样舒坦。在娘家的时候，可不能四仰八叉地躺着。因为邻居可能会拉开没锁的大门走进来,数落她"大白天的像什么样子"。

跟婆婆学会记账之后,智子渐渐有了省吃俭用的意识。谁知孩子落地后,丈夫跟婆婆商量了一下,买了辆轻型车①,惊得她说不出话来。要是第二辆或第三辆也就罢了……在老家,一上来就买轻型车是无法想象的。

"东京人也太抠门了。"——她还为此打电话跟当时还在世的母亲抱怨过。现在想来都觉得怀念。

不过也正因为如此,夫妻俩才能攒下八百万。可这八百万竟已花得干干净净——

真帆上了大专,美帆上了四年制大学,学费总共花了五百万。真帆结婚的时候(女儿说他们自己出钱,也没有大办)搞了订婚宴,还升级了婚纱(实际试婚纱的时候难免会看中更好的款式,忍不住加钱升级),加上外地亲戚的车马费什么的,一眨眼就花掉了百来万。

后来,智子的母亲与和彦的父亲相继去世,他们需要跟兄弟姐妹平摊医药费和葬礼的费用。人家说多少,就只能掏多少。

智子住院也花了点钱。虽然手术本身能走医保,但她动手术前跑了好几家医院,检查费远超预想。

---

① 价格低廉的微型代步车。

十多年来，和彦的工资几乎没涨过。他所在的中型精密机械厂商一直没能摆脱二〇〇八年的金融危机带来的影响，业绩持续低迷，差点被美国、中国的公司并购。和彦自己也不争气，五十好几岁了却没能当上课长，一直都是个不明不白的"次长"。

而且……万一婆婆琴子需要请人照顾，天知道要花多少钱。光是考虑这个问题，智子都头痛不已。和彦有个弟弟住在大阪，继承了老婆的家业，和上门女婿差不多。智子也只在红白喜事上见过他。不知道兄弟俩是怎么协商的，连有没有协商过都得打个问号，智子一个儿媳妇也不好多嘴。可她又怕和彦撂下一句"妈就交给你了"，眼下只能假装没看见。

钱跟沙子一样从指缝间流走。回过神来才发现，存款竟只剩下不到一百万了。

千里家的"两千万"无异于天文数字。


出院一周。

总算能出门采购了。医生嘱咐一个月内"不要骑自行车"，于是智子慢慢走去了十条商店街。

"哎呀，出院啦？"

第一站便是"紫屋"。面熟的大姐以笑脸相迎。智子住院前来买了几件前开式睡衣，说自己要开刀了，大姐还记着。

智子一说"暂时还骑不了车"，大姐便满不在乎地点点头，给她推荐了一款老人家用的买菜手拉车，售价八百九。"紫屋"的一角有个日用杂货专区。大姐到底是专门做老人家生意的人，一眼就看出了顾客的需求，还贴心地给智子便宜了两百，权当出院贺礼。

智子边走边感叹："离老太婆又近了一步。"

自己的病情、好友的离婚和对御厨家存款的清点，将智子的心境搅得天翻地覆。

现实摆在眼前。为了即将到来的晚年生活，她不得不重新攒钱。而且……照现在这个情形，婚是肯定没法离的。

她从没仔细考虑过这个问题，毕竟对老公也没有多大的不满。然而出院回家之后，"老公完全不会做家务"的现实逼得她不得不反思自己的人生。

和彦性子寡淡，但并不是冷酷无情的人。这些年来，他一直踏踏实实上班，养着两个女儿和智子。婆婆稳重靠谱，两个孙女都跟她亲。

可一想到退休后的生活，智子就感到惴惴不安。

难道她要跟现在一样，每天做三顿饭，打扫卫生，洗衣拖地，跟老公大眼瞪小眼吗？

光想都忍不住叹气。

千里跟她讲了上了年纪离婚的单身女性的日子有多难过。这让她认清了残酷的现实——哪怕对老公有些不满，她也得咬牙忍着。

这么多年都没想过离婚，如今知道了"绝对离不了"，反倒冒出了"岂有此理"的念头。

夫妻俩默默吃晚饭时，总有形形色色的不满涌上心头。

他都不会做饭，凭什么天天吃我做的，连句"谢谢"都没有？

哪怕周末放假在家，和彦也整天躺在床上，偶尔跟朋友去打打高尔夫。这也是他唯一的爱好。而智子不得不跟工作日一样等他回家，给他做饭。

等和彦退休了，还得接着过这样的日子吗？

智子在商店街正中央的超市挑菜。

目光飘向门口堆积成山的特价菜。

一棵卷心菜一百，半棵白菜一百，一袋洋葱一百……通通放进购物篮，转战鲜肉区。一百克鸡胸肉平时卖五十八，今天只要四十八。她拿了一大盒，里面有四块鸡胸肉，又拿了两盒碎猪肉，一百克卖九十八。

十条商店街出了名的熟食店多，常有电视台来采访。鸡肉丸子十块一个，比巴掌大得多的炸鸡排也只要一百六。闭着眼睛挑，样样都好吃。

住院前，智子也经常光顾熟食店。家里就两个人，自己炸太费事了，而且她也觉得是时候偷偷懒了。买点熟食，备好米饭和味噌汤，再做些小配菜就足够了。

万万没想到……

如今的她可买不起现成的熟食。回到家后的第一件事就是处理鸡胸肉。

剥下四块鸡胸肉的皮，把其中两块切碎放进料理机打成肉糜，每一百克装一袋，放进冰箱冻起来。剩下的两块切成薄片，用料酒和生姜腌一下。电视上说，这样能让肉变得更嫩。腌好的鸡肉也分成小份，一半放进冰箱冷冻。

猪肉也分成若干份，一部分冻起来。半棵卷心菜切丝，做成菜丝沙拉，装进保鲜盒，放进冰箱。

这么一通忙下来，智子已精疲力竭。

她坐在餐桌的椅子上，手托下巴。

年轻的时候，再多做几个菜她都不嫌累。

当时她还找了个兼职。下班回家路上顺便买菜，做好晚饭喂女儿，然后洗澡哄睡，等待晚归的丈夫。

本以为女儿先后独立，总算能有属于自己的时间了。

没想到都一把年纪了，还得自己处理鸡胸肉。

智子看向厨房。半棵卷心菜、白菜和洋葱等着她处理。脏兮兮的料理机还在池子里没洗。砧板和菜刀也没收。

她发出源自心底深处的叹息。这样的日子，什么时候才是个头啊？

可是没办法啊，谁让她穷呢，没钱啊。

喃喃自语后，泪水夺眶而出。

其实昨晚吃的就是鸡胸肉。她用切成薄片的鸡胸肉和洋葱做了亲子盖饭，配了味噌汤和沙拉。

"这肉有点硬啊。"

吃着亲子盖饭的和彦嘟囔道。

他不是个挑剔饭菜的人，向来都是智子端出来什么就默默吃掉，昨晚也只是随口一说，有感而发，并无恶意。

智子却火冒三丈。

差点就拿筷子砸他了，还在脑海中勾勒了那幅画面。尽管实际上只是默默起身离席。

肉确实有点硬。不是火候不对，就是切法不对，反正不太好吃。

倒不是鸡胸肉的问题。只要做法得当，鸡胸肉绝对是比鸡腿肉更好吃也更健康的食材。英语班的老师也说："在我的老家澳大利亚，鸡胸肉卖得比鸡腿肉贵，我刚来日本的时候吓了一大跳呢。"

一言以蔽之，好不好吃全看做法。做了几十年菜的老资格竟在阴沟里翻了船，想想都觉得难为情。智子明明有教别人做年菜的水平，真是奇了怪了。

她知道是自己没做好。

可就是理不顺心里的那口气。

再过一周，就知道要不要放疗和化疗[①]了。真要接着治的话，住几天医院是免不了的。听说出院以后也要难受好一阵子。

到时候，和彦打算怎么办？

智子闷闷不乐地想着，仿佛后续的治疗已经是板上钉钉的事了。带着这种心态去拿病理结果，无论怎样都不会受太大的打击。

半年……有保险兜着，治疗本身花不了几个钱，可要是一直没法自己做饭、做家务，不到一百万的存款分分钟就要见底。

动了手术的下腹好像又隐隐作痛了。

---

① 前文只提了化疗，这里的原文又只提了放疗，为避免矛盾就把两个都写上了。

"这年头医院里总是人挤人……你说是不是医院和医生不够多啊?"

千里看着候诊室的电视嘟囔道。

"对不起啊……"

今天是来医院拿病理结果的日子。约好的下午两点,都过去二十分钟了,还没有轮到智子。候诊室里挤满了女病人,下至二十岁出头的小年轻,上至八十好几的老太太。

"你道什么歉呀,是我非要跟来的。"

智子给千里发短信,说"一个人去拿结果有点慌",千里马上回了一条"要不我陪你一起去?",并非她"非要跟来"。

"等的时候好歹能聊聊天嘛。"

"等我们七老八十了,说不定每天都要到医院候诊室碰头呢。"

哈哈哈哈……两人无力地笑了笑。

"……你跟义昭的事处理得怎么样了?有什么进展吗?"

"本以为商量好了家产对半分,后面推进起来就很快了……"

不料卡在了女儿的抚养费和学费上。千里的女儿千晶今年二十岁。

"当初求我离婚的时候,他保证不会亏待女儿,现在却反悔了,说千晶已经成年了,不需要他出抚养费。"

"啊？可千晶还没毕业啊？"

"是啊，他只肯负担一半的学费，不肯出抚养费。"

"真不像话！"

"打定主意要离婚以后，人就会变得特别冷酷无情。肯定是外头那个吹了枕边风，搞得他突然舍不得那些钱了。"

围绕钱的拉扯，怕是会持续到最后关头。

"最头疼的是，义昭好像已经习惯了这种状态。"

"怎么说？"

"上次不是跟你提过嘛，律师说男人很享受'家里红旗不倒，外面彩旗飘飘'的状态。他怕不是觉得跟外面的小姑娘腻歪两天，再回家过过老婆孩子热炕头的日子也不错。"

"岂有此理！"

义昭把女人和妻子当成什么了？智子听得怒火中烧。

"最近他总是两边跑，时不时抱怨一句'我也不容易啊'，我就觉得他可能抱着那种心态。好歹一起过了那么多年，他的心思我还是能猜出来的。可我们女人最烦这种人了。决定了要离婚就不会再摇摆了。"

"是啊。"

智子点头附和道，但千里的表情似乎并非全然黯淡无光。或许，她也还没放下摇摆不定的丈夫。

莫非千里也习惯了这种状态？有怨言，却也安心。

智子偷瞄千里的侧脸。

也难怪啊，毕竟是相伴二十五年的夫妻。

"御厨女士，御厨女士，请到三号诊室就诊。"

年轻的护士尖声嚷道。

千里的眼神骤然一凛。

"智子！护士是不是叫你了？"

智子没有回答，而是紧紧握住了好友的手。

两人紧握着对方的手走进诊室，仿佛一对小学生。智子能感觉到，藏在自己身后的千里怕得要命。

"到时候我陪着你去，免得你吓晕过去。"——千里曾说出如此豪言壮语。谁知到了关键时刻，反倒是她更畏畏缩缩。智子觉得滑稽，但心里暖暖的。因为千里的恐惧足以体现出她对智子的关心。

出乎意料的是，当事人智子一进诊室，心情便放松了许多。

因为诊室里的气氛跟前几次不太一样，所有人好像都是开开心心的。

正因为智子来过好几回，才能察觉到这种细微的不同。年轻的医生和边上的护士没有了往日的忧虑和阴沉，空气也没有紧绷的感觉。

"御厨女士,请坐。"

"今天是朋友陪我来的……"

"哦,那就一起听吧。"

诊室里刚好有两把空椅子,她们便齐齐坐下。

"病理检查的结果出来了……"

医生微笑着翻开病历,开门见山。

啊!——前几次来医院,这位医生都没笑过,今天却面带微笑。

"好消息,是 IA 期!"

"啊?"

尽管医生的表情已经泄漏了天机,但智子还是发出了近似于惊呼的声音。

"切除的肿瘤是 IA 期的,约莫一厘米大。"

"太好了,智子……"

千里好不容易挤出一句带着哭腔的话。

智子只得稍稍回头,朝好友连连点头,随即转向医生问道:

"……那还要放疗吗?"

"不用了。"

医生交代了后续的治疗安排(每月复查一次,一段时间后改成每年做一次CT)。智子边听边点头，心却早已飞到了九霄云外。

脑海中仿佛有人在说："还没完，还没完呢，好日子还在后头呢。"天知道那是自己的声音，还是别人的声音。

"哦，于是两位就一起来了。"

身材微胖的财务规划师黑船崇子对面，坐着略显紧张的智子和千里。

听完病理检查的结果后，两人去御茶水站跟前的咖啡厅坐了坐。跟千里聊过以后，智子觉得"找人咨询一下"也许是个好主意。

"千里常跟我提起您，我便也想征求一下您的意见。一问才知道您也做一对多的咨询。"

"是的。很多人对一对一咨询还是有点抵触的，总觉得要把自己有多少存款都交代清楚。刚开始跟几个朋友一起来，热热闹闹聊一聊，就不会太紧张了。很多财务规划师只做一对一咨询，但我觉得刚开始用哪种形式无所谓。随着讨论的深入，有需要的咨询者自然会切换成一对一的。"

黑船的眼珠滴溜溜地转。这位财务规划帅常在电视上高呼"大家要牢记神奇的$8×12$！"，实际接触下来，才发现她是个随和又开朗的人。聊着聊着，智子的心情放松了不少。

不同于离婚几乎已成定局的千里，智子的烦恼……或者说心里的不痛快是很难表达清楚的。不过"存款太少"确实是个值得咨询的问题。她还有一些模模糊糊的担忧和不满，一个人钻牛角尖也是白费力气。

得知切除的肿瘤是IA期后，智子的心境明亮了几分。正因为如此，她才能以积极向上的心态去面对心中的烦恼。

咨询费一小时六千。两人平摊，每人三千。价钱不算便宜，但智子不指望靠这一次咨询解决所有问题。她不过是想要一个证据，证明自己在积极面对，向前迈出了一步。

单凭这一点，这三千也算是花在刀口上了。

"那就请御厨女士先说吧。"

"好，但我不确定自己能不能表达清楚。如果我说得太乱，还请您多多包涵。"

智子娓娓道来。得知千里要离婚后，她梳理了一下自家的财务状况，发现存款只剩不到一百万了。虽然子宫内膜癌的治疗告一段落，但她的体力大不如前，不确定自己能否像年轻时那样用各种各样的方法节约开支。两个女儿有自己的家庭和事业，她不想老了以后拖累孩子。不知道日后照顾婆婆要花多少钱……

"其实还有一件事，我都没跟河野女士提过……"

智子朝千里使了个眼色，说起一件连好友都一无所知的事情。

"几天前，我家老二美帆来家里看我，说她交了个男朋友。"

"那不是好事嘛！闺女带这种好消息回来，当妈的肯定高兴。"

千里喜气洋洋地插嘴道。

"嗯……可那孩子平时是不太跟我们聊这种话题的，以前交了男朋友都不说的。这次特意回家说，搞不好是到了谈婚论嫁的地步。"

"哦，您是不是在担心操办婚事的开销？"

到底是财务专家，黑船第一时间锁定了问题的所在。

"是啊。老大那次虽说是小夫妻自己掏的钱，可从头到尾办下来，还是会有很多意料之外的开销。哪个做父母的不想让宝贝女儿开开心心地嫁人呢。而且吧，结婚毕竟是两家人的事，万一亲家想风光大办，我们肯定也得多支援点……昨晚我一直在琢磨这些，想得觉都睡不着了。"

"好，我大致清楚了。"

智子讲述的时候，黑船一直在做笔记。她抬起头来说道：

"首先是小女儿的婚事——"

这就进入正题了？不过智子跟千里总共就只有一个小时

的咨询时间，她们巴不得专家多给点建议。

"我觉得您可以把这件事先放一放。毕竟这不是您的问题，而是孩子的问题。就算亲家想风光大办，那也是两个年轻人该去解决的问题，您不必为此烦恼。孩子都成年了，您也该放手了。再说了，您连准女婿的面都没见过，现在发愁也无济于事呀。而且我认为，只要解决了您的根本问题，这件事自然也就能圆满收场。"

"哦……"

就是因为没法轻易放手才头疼啊——智子有点不服气，但听到黑船断言"这不是您的问题"，她又不由得松了一口气。

"婆婆的问题也一样。绝不能让赡养引发贫困的连锁反应是我的一贯主张。子女确实应该赡养父母，但法律的规定是'在力所能及的范围内'履行赡养义务。真到了揭不开锅的地步，大可让老人独立成一户，然后申领低保。只要解决了人生的主要矛盾，就不愁找不到出路。"

说到这里，黑船拿起桌上的茶杯猛喝了一口。那架势仿佛是在提醒智子，"接下来的才是重点"。

"听完您的叙述，我注意到了一个问题。您表面上想咨询怎么攒钱，说想节约开支，又怕身体撑不住。但在叙述的过程中，您不止一次提到了您先生，说他不会做家务，对家里的事情漠不关心，所以什么事都得您亲力亲为。"

确实——今天是来咨询家庭财政问题的，所以智子本不想在专家面前埋怨和彦。毕竟他没有大手大脚花钱的习惯，对节约开支并没有负面影响。可聊着聊着，还是免不了发了几句牢骚。

"您对您先生是不是有些怨气啊？"

"怨气当然是有的……毕竟在一起那么多年了，有些看不惯的地方也是在所难免的，老夫老妻应该都是这样的吧。再说了……"

智子瞥了一眼身边的好友。尽可能不提和彦，也是怕离婚在即的千里难过。千里许是领会了智子的一片心意，微微点头，言外之意——"没关系，尽管说吧。"

智子与和彦是通过朋友的介绍认识的。年轻时的和彦老实正派，一句废话都不会多说。智子一看到他，就会想到昭和初期出生的父亲。那是一个无比浮躁的时代，她不想在轻佻的男人身上浪费时间了。

也许是和彦的沉默让她生出了幻想。她以为老公是那种"平时寡言少语，但关键时刻靠得住"的人，殊不知他就是个彻头彻尾的闷葫芦。

"跟千里聊过之后，我发现自己肯定是没法离婚的。哪怕能平分退休金和养老金，女的总归是要吃点亏的。而且我们家没多少积蓄……"

"我确实帮河野女士规划了一下离婚后的生活，但算出那些数字是为了帮她正视现实，稳扎稳打向前看。我也不希望她灰心丧气呀。"

"可离婚难免会……"

"我倒也不是劝您离婚，只是希望您不要因为家庭经济问题逼着自己忍气吞声。把钱的问题放一放，先考虑考虑自己真正想要的是什么。"

"哦……"

"离婚并不是人生的终点，而是新生活的开始呀。"

智子转向千里。

"是啊……对不起啊，千里。"

"瞧你这话说的，我还不懂你吗？"

见两人相视一笑，黑船继续说道：

"那就聊聊具体的方法吧。我建议两位从力所能及的小事入手——"


智子把买来的东西放进冰箱，然后打开钱包。

取出小票，清点一下钱包里还剩几张大钞，统一好朝向再放回去。接着仔细核对小票，确认这一趟花了多少，再用冰箱贴贴在冰箱门上。

黑船崇子告诉她，这样能有效避免"忘了冰箱里还有什么"，确保吃光用光。

"只需整理一下钱包和小票，就能收获不错的效果。这个方法尤其适合御厨女士。与其费时费力做省钱的小菜，买特价食材，倒不如干脆少买一点，买多少用多少。累了就尽管买熟食偷懒。对现在的您来说，健康才是最重要的。"

"这样就行了？不用再动点别的脑筋了？"

"不用啦。您的两个女儿都独立了，在吃饭这件事上花不了几个钱的，而且买熟食回家吃肯定比下馆子省钱呀。不过月底可以稍微收一收，最后一周就别出去采购了，想办法把家里有的、之前囤的通通用光。放心，家家户户的厨房都有够吃一周的囤货。多消耗掉一点，反而能让家里变得井井有条。"

"有道理……"

出院那天，智子还以为家里什么都没有，结果三下两下就弄出了一顿晚饭。

"从力所能及的小事做起就行了。对了，还有一个跟您先生有关的建议。您以后就别天天给他做饭了，每周留出几天，晚上各吃各的，怎么样？"

"啊？"

"您不是报了个英语班吗？上课那天的晚饭就让您先生自己解决呗。他自己做也行，出去吃也行。夫妻之间也要适当留一点空间，利用这段时间考虑考虑退休以后要怎么过不是很好嘛。"

要真能实现，那可就轻松多了。其实英语班的学员有下课后聚餐的习惯，只是智子要赶回家给老公准备晚饭，从没参加过。

"要摆脱'迁就老公、委屈自己'的状态，不然两个人都会越过越憋屈的。"

一旁的千里深深点头。

今晚的主菜是韭菜炒猪肝，配了味噌汤、米饭和亲子豆腐（倒点纳豆在豆腐上）。味噌汤是早上吃剩下的，豆腐和纳豆摆个盘就能上桌，只有主菜是需要开火做的。这种"懒人两菜一汤"也是黑船老师教的。

除了豆腐和纳豆，她还买了海蕴、海带丝、玉子豆腐、鱼糕……都是撕开包装就能上桌的东西。只需再构思一道主菜就行了。有时连主菜都是在十条商店街买的美味熟食。

和彦是晚上八点多回来的。

他跟平时一样换了衣服，坐到餐桌前，同时伸手去拿电视遥控器。

"等会儿再开电视行吗？我有些话要跟你说。"

"嗯？"

和彦老老实实放下遥控器，用那双在男人里算大的眼睛看着智子。他的神情坦坦荡荡，完全没料到智子对自己有什么不满或意见。

细想起来，她都好久没有像这样跟老公面对面谈过正经事了。

"呃……我每周四不是要上英语班嘛。"

"嗯。"

他肯定不记得有这么回事，却还是不假思索地点了点头。

"以后每周四的晚饭你就自己解决吧。"

智子一口气说完。

"什么叫自己解决？"

"就是字面意思呀。可以自己做，也可以出去吃，去妈那儿蹭饭也行。每周四晚上给我放个假吧。"

"为什么？"

和彦板着脸问道。

"英语班下课以后，大家都会跟老师一起吃饭聊天的。我也很想参加,可是为了给你做饭,只能急急忙忙赶回来。以后我不想再迁就你了。"

对着一桌子菜却不敢动筷。此刻和彦仿佛变回了无助的稚子。

"这场病让我想明白了很多事。我告诉自己,以后要痛痛快快地活着,不能再忍气吞声了。每周给我放一天假也不过分吧?所以……"

"知道了。"

和彦冷冷地打断了她,再次伸手拿起遥控器,打开了电视。

智子长出一口气。

其实她想每周休息个两三天。不仅仅是为了参加英语班的聚餐……她本想告诉和彦,随着年龄的增长,包括做饭在内的种种家务成了莫大的负担。

"一步一步来,这种事情是急不得的,一口吃不成胖子。"

黑船崇子老师最后的叮嘱浮现在她脑海中。

嗯,一步一步来。从"每周自己解决一顿饭"做起。也许久而久之,和彦就会有所领悟,就会理解她的感受了。

总比劈头盖脸地反对要好。

智子拿起筷子,吃起了自己那份。和彦已经吃了不少了。韭菜炒猪肝做咸了,口感不太好,但她用力嚼了几下,愣是咽进了肚里。

# 第6章
# 节俭众生相

钱是为幸福服务的,省吃俭用也是为了过得开心,不能本末倒置呀。

前不久,本人小花迎来了每两年一次的重大抉择。

没错!

手机的两年合约到期了①。

想必大家也知道,这么一个看似微小的选择,会对今后两年的支出乃至每天的生活产生巨大的影响。

顺便一提,我的男朋友(美院毕业,在设计公司实习后转正)就是那种完全不在意合约期限的人,总是新款iPhone一上市就立刻升级换代。

所以他是S家②的老客户,因为每次发布新机,这家运营商都会大力推销升级套餐。而且他用的一直都是价位偏高的plus版本。

这样不会亏钱吗?到了和他谈婚论嫁的阶段,我还

---

① 日本的合约机一般签两年的合同,未到期解约需要支付违约金。
② 指日本三大运营商之一Softbank。

真有点担心……

"我们每天用得最多的是什么呢？肯定是手机呀。一天到晚不知道要打开看多少次，很多人是手机不离手的。而且我只看电子书，音乐也都是下载的。新手机是有点贵，但平摊到一年三百六十五天就没多少了，也不算太奢侈。又不是买一年到头戴不了几回的珠宝。"

哦……

还有这样的思路啊。

嗯？那他是不是觉得订婚戒指也不用买呢？

言归正传。

他上学的时候在澳大利亚留过半年学，去过好几个亚洲国家。他的消费观似乎和那段经历有点关系。

"去新加坡的星巴克时，常有人跟我搭话。有人问我借 Wi-Fi，有人问我是从哪儿来的，还有人让我帮忙看着行李，说要去趟厕所。他们根本就不认识我啊！在日本也就算了，那可是外国啊！当然啦，新加坡的治安是比较好的，日本人的名声也不错，可人家怎么会那么相信我呢？通过观察，我发现起到决定性作用的是最新款的苹果手机和电脑。以前都说人靠衣服马靠鞍，所以大家都会用高档的鞋子和衣服打扮自己，再买几个名牌包。但时代不同了，现在很多有钱人就爱穿破破烂烂的运动鞋、T恤和牛仔裤，所以看电子设备更准一点。手机和电脑是全球通用的语言，是足以证明双方三观契合的通行证。"

这就是他的逻辑。

他的经验没有代表性，但确实有那么几分道理。

我用的是在D家[①]签的iPhone5s。两年前换手机的时候，这个型号还不算太老。而且我很喜欢它的设计，各方面都很满意。继续用这部手机也是一个选项。

但坊间盛传iPhone8就要发布了，也许是时候换个iPhone7了，至少也得换成iPhone6s吧。

D家的态度也推了我一把。我打电话咨询的时候，业务员说即使我接着用现在这部，月租也降不了多少（接待我的女性业务员态度不太好，也许是碰巧吧）。

不过嘛，对老客户爱搭不理也算是运营商的常态了。无论是老牌巨头还是后起之秀，都在推那种鼓励用户携号转网的套餐。

---

① 指日本三大运营商之一Docomo。

除了那几家老牌运营商，还有廉价手机、廉价SIM卡可选。

说来说去，怎么用手机最省钱呢？选哪家运营商最划算呢？

呼……御厨美帆一鼓作气写到了这里。

然后从头看起，细细审读。

还不错。

就是太啰唆了。今天的主题是"选哪家运营商最划算"，可还没进入正题就用了这么多篇幅。明明有多分段的意识，放眼望去还是有密密麻麻的感觉。

其实翔平的经历还挺有意思的……

今天约会的时候，美帆说起今晚要发布一篇和手机有关的博客，于是两人就自然而然聊起了手机。

和上大学时交的男友大树分手后，美帆时常约见在黑船崇子的节约讲座上认识的沼田翔平。翔平是个瘦高个，长相清秀，但不至于帅过头，正合美帆的口味。

得知他住在赤羽，美帆便找他出主意，说想在十条周边找个房子，住得离父母近一点。一来二去，两人就熟络了起来。"找房子"成了约会的绝佳借口。现在他们住得很近，骑车五分钟就到了。

不过，翔平并不是因为对节约特别感兴趣才去听那场讲座的。各种各样的学习会、讲座和早餐会他都喜欢。他常在网上物色便宜的讲座，时间合适就报名。等时机合适了，他还想自己创业。

好在翔平很理解美帆的节约理念，平时常去对方家里约会。因为这样比下馆子省钱。

其实美帆搬家的时候，翔平半开玩笑地说了一句"干脆搬来跟我住呗"。美帆犹豫了一下，最后还是婉拒了。毕竟还没结婚，她不好意思在父母家附近跟男友同居。

不出门约会也不会无聊，和翔平聊天就是一种享受。他能抛出五花八门的话题，为美帆的博客提供素材。读者们似乎也看出来了，评论区常有这样的留言——"小花的男朋友真是个妙人！""我站你男友！"

所以美帆想把他们的对话原原本本地呈现出来，可……

按这个写法，读者怕是会没耐心看到正题。

美帆握住鼠标，拖动光标选中了从"顺便一提，我的男朋友"到"还有廉价手机、廉价SIM卡可选"的部分，把心一横，剪切。

一下子剪切掉那么多，着实有点肉疼，但也不是一行都没留下。剪切下来的部分存在别处，改天再用。

美帆端正坐姿，接着往下写。


那就让我们研究一下怎么用 iPhone 最划算吧。

先澄清一下，我不是那种非用 iPhone 不可的人，也不是死忠"果粉"。我姐姐用的就是旧款的谷歌安卓手机（Nexus5），签的是 Y 家[①]的套餐，月租不到两千……（我觉得这也是个不错的选择）。

但专注 iPhone 的话，对比起来会更直观一点，所以这篇博客就不讨论其他机型啦。

先说结论！

噔噔噔——

最高效、最划算的 iPhone 用法是，去 Apple Store（苹果在线商店）买新款 iPhone，插廉价 SIM 卡（根据自己的流量使用情况和通话习惯，选择尽可能便宜的运营商）。就这么简单。

看到这里，肯定会有读者说：啊？就这样吗？

但我从各种角度算了一下，发现这就是最经济高效

---

① 指虚拟运营商 Y!mobile，Softbank 的子品牌，主打低价。

的用法。

现在最新款的 iPhone（16GB 版）裸机卖 66744 块（税后）。分摊到 24 个月，每月就是 2781 块。还得把 SIM 卡的月租费算上。无限流量卡的月租大概是 3000 块。哪怕你使劲用流量，总支出也就不到 6000 块。我家没装宽带，所以选了这个套餐，其实还有更便宜的 SIM 卡可选。

在 D 家买新款 iPhone 的话，合同一签就是两年，月租 8000 块，给 5GB 流量（这还不包括通话费）。相较之下，买裸机 + 廉价 SIM 卡每月能省下两千多呢。

而且，如果你用够四年，而不是两年就换，平摊到每个月的费用就更少了。所以我才建议大家买最新的款式。廉价运营商的合约机还没有 iPhone7。如果你打算买一部好的，用上好几年，买最新款就是最划算的选择。

此外，廉价 SIM 卡通常不设最低使用期限，哪怕有也不是很长。几个月一换、半年一换、一年一换都是可以的，有几家甚至可以用一个月就换（当然要出些手续费）。所以要是有条件更合适的运营商，大家可以果断转网。

买苹果手机还有一个好处，那就是出国的时候可以买当地的一次性 SIM 卡用……

现在是周末……准确地说是周一的凌晨一点。天一亮，便是新的一周。

美帆却迟迟没有睡下。

她继续敲击键盘。

美帆的博客诞生于听黑船崇子讲座那天的夜里。起初她也没多想，不过是写着玩玩。

一个人咬紧牙关省吃俭用是很难看到效果的，灰心丧气时更容易乱花钱。美帆发现，自己加班加得筋疲力尽时特别容易生出购物欲，走进开到晚上十点的高档面包房。要是面包房关门了，她的手就会伸向便利店的甜品。开始在日程本上记录每天的计划和花销后，她才发现了这个倾向。她怕自己买了家庭账簿也没有毅力好好记，姐姐给了个中肯的建议："在日程本上记一笔，总比稀里糊涂要好。"

所以美帆早就想开个博客写日记了。等发展出了固定读者，就会有"读者在监督自己"的感觉，这样就更容易坚持下来了。

就在这时，她参加了黑船崇子的讲座。在被老师的激情感染的那个夜晚，她实在按捺不住，想把自己的所思所感都写出来。

我去听了黑船崇子老师的《神奇的8×12》出版纪念讲座！

思路清晰，一气呵成。

"花生米的节约博客！攒钱买独栋房领养流浪狗"。

博客的名字取得很是直白。她在博客中自称"花生米"，简称"小花"。

在开设博客的同时，她还在 Twitter 上新开了一个名为"花生米@节约博客更新中"的账号，把博客链接贴了上去。

天降大运——几天后，黑船老师在网上搜到了这篇博客，还用有数万粉丝的大号转发了。

"这篇博客讲的是几天前我在书店举办的《神奇的 8×12》出版纪念讲座，多谢花生米女士的精辟总结。"

多亏了黑船老师的推荐，那篇博客的页面浏览量（PV）飙升至四位数，来了个开门红。

其实在黑船老师转发的前一天，也就是博客开张的第三天，美帆手头的素材就已经见底了。她绞尽脑汁，总算想起了奶奶的名言，发了一篇《人这一辈子怎么过，（也许）取决于三千日元的用法！》。她在博客里讲解了奶奶这句话的深意，还提到了妈妈和姐姐用的茶壶，说自己没找到特别中意的茶壶，还在迷茫的过程中。这篇博客的浏览量也不低。

读者的反响让美帆打定了主意。光写自己的节约生活未免过于单调，以后时不时穿插一点家人的节约心得好了。

她还在博客中提到了与爱犬花生米的离别，坦诚地告诉读者，她是为了攒钱买独栋房领养流浪狗才开始省吃俭用的。底下有人评论道："我懂！我的狗狗也回汪星了，给我看哭了！"读者数量稳步增长。

某天，翔平约美帆出来见面，说："有件事要跟你说。"两人相识已有近十个月了，美帆的生日近在眼前。

虽然还没正式订婚，也没有交换过戒指，但他们聊天时经常说出"干脆结婚吧""好想结婚啊"这样的话，仿佛结婚已成定局。

其实在刚确定关系的时候，翔平就常把"结婚"二字挂在嘴边。才约会没几次，他就聊起了自己理想中的家庭、以后想要几个孩子之类的话题。

这和前男友大树形成了鲜明的对比——大树工作后几乎没提过这些。所以美帆倍感新鲜，心里美滋滋的。

美帆问过翔平："你为什么这么想结婚啊？"翔平一本正经地回答道："因为我想早点成家，过安安稳稳的日子。"

一个人如此渴望成家，要么就是对家庭有非常好的印象，要么就是原生家庭有什么问题。美帆也问过翔平,而他的回答是……

"我也说不太清楚。"

"怎么会呢?"

"呃,你别误会,我没受过虐待,我家也没什么大问题,就是有点……"

翔平目视远方,思索片刻。

"……有点太随便了。"

"随便?"

"嗯……怎么说呢,倒也没什么大不了的问题,就是干什么都漫不经心的,不太好捉摸。我也是独立以后才发现的,小时候根本感觉不出来。"

"你爸爸妈妈是什么样的人啊?"

"我爸妈都挺和善的,从来不打骂我,当然也没虐待过我,可你问我他们是什么样的人吧,我也说不上来。我长这么大,都没跟他们一本正经谈过什么事情。我爸好像在我上高中的时候辞职了,但具体是怎么回事我也不太清楚。我说想上美院的时候,他们也没有明确支持或反对。我还问过我妈:'我真能上美院吗?学费很贵的啊。'结果她乐呵呵地说:

'这么正经(マジ)<sup>①</sup>干吗?'——这句话是她的口头禅。"

翔平的妈妈居然会用这种俗语,这让美帆大感惊讶。不过她转念一想,也许他们是那种处得跟朋友一样的母子吧。她妈妈智子偶尔也会半开玩笑地来一句"真的假的(マジ)!"。

翔平的父母住在十条东边毗邻埼玉的地方。翔平说,他大学毕业前都是跟父母一起住的,进公司实习以后才独自搬去了赤羽。

哪怕翔平聊着聊着突然提"结婚",美帆都不觉得抵触,可见她对翔平还是很有好感的。每次见面,她都会多喜欢他一点点。

翔平这么一本正经地约她出来,到底是要谈什么啊?是想跟她讨论一下生日那天去哪里吃饭吗?商量过后,两人约好在十条站前的快餐店碰头。

刚认识的时候,翔平还是个菜鸟实习生,抽空见一面倒也不难。然而今时不同往日,现在想在工作日见一面简直比登天还难。美帆的公司有弹性工作制,可最迟也得在十点前到公司。翔平则是临近中午的时候上班,经常加班到深夜。

---

① "マジ"是"まじめ(正经、严肃)"的缩略语,一般用于口语,较为粗俗,年轻人用得较多。

要想在工作日见一面，就只能利用吃早饭的时间了。点个实惠的早安套餐，边吃边聊。

"本来想周末再说的，可我想来想去，还是觉得应该早点跟你打个招呼……"

月底难免要赶工，翔平的眼睛都熬红了。

"怎么了？不能发LINE说吗？"

"这件事很重要，必须当面说。"

"到底出什么事了？"

"是这样的……前天有个陌生人打电话给我……"

"陌生人？"

"说我拖欠了助学贷款……"

"啊？你办过助学贷款？"

美帆还是头一回听说。

"不是我……是我爸妈自说自话办的，我完全不知道。单子也是他们填的。"

美帆一时语塞。

"我问他们是怎么回事，他们说是为了给我付学费才办的，还说上学那几年帮我还了一部分，但我现在已经工作了，剩下的要我自己还。"

美帆的脑海中闪过一个疑问。

"嗯？你不是说你上学的时候拼命打工赚学费和生活费，给家里交了不少钱吗？留学的钱也是你打工攒出来的……"

她当时的第一反应是"佩服"，觉得这人很靠得住。

"嗯，每个月给家里交五万，算是伙食费、房租加学费。可他们说，我交的那些根本不够。也是，毕竟美院的学费还是很贵的……"

翔平父母的说辞倒也不是全无道理，可是——

"那……总共贷了多少啊？"

美帆用尽可能平静的语气问道。但她能感觉到，自己的声音在微微发颤。

"几乎把额度用满了，每月十二万。"

"啊？……十二万？"

"在校期间是无息的，但毕业以后会多出三个点的利息……本金总共是五百七十六万。好在他们还了一点，本金剩下五百五十万。这么大一笔钱，我肯定没法一次性还清，只能慢慢还。"

美帆震惊得喘不过气。

"对不起啊，突然跟你说这些……"

翔平向哑口无言的美帆鞠躬道歉。见状，美帆的情绪稍稍平复了一些。

"这也不能怪你啊……"

那该怪谁呢?美帆想不通。

"这个助学贷款……一定要你来还吗?"

"啊?"

翔平直视着她。

"当时又不是你办的手续,你都不知道有这么回事……"

"话是这么说,我确实也想过……"翔平点了点头,"我完全不知情,单子上的字也是父母代签的。真要打官司,说不定是能打赢的。问题是,我确实用这笔钱上了魂牵梦绕的美院,这是无法撼动的事实。也是美院的文凭让我进了现在这家设计事务所。"

话是没错。只是这家事务所工作压力超级大,工资还少得可怜。

"所以……我不能装聋作哑。再说了,要是我爸妈在还没还完贷款的时候去世了,到头来还是要我来还的。"

"可助学贷款是每月十二万,你每月还给家里交五万,加起来就是十七万,乘以十二就是两百万出头,美院的学费有那么贵吗?"

"学费本身大概是一百五十万吧,但还有伙食费和房租呢。"

孩子毕业之前,爹妈多补贴点不是理所当然的吗?

但美帆没好意思说出口。

"我也是刚听说的,心里还有点乱,不知道该从何说起……"

也是啊,最震惊的肯定是翔平。

美帆忽然想起,翔平曾用"干什么都漫不经心的"形容自己的父母。她不明白翔平的父母到底是怎么想的。在美帆的心目中,父母是包容她、保护她的大伞。她跟父母扯着嗓子吵过架,对感情极少外露的父亲也有点怨言,但她家的长辈从没有让她如此忐忑不安过。

真到了虐待的地步,反倒不用多想了,认定翔平有一对糟心的爹妈就是了。眼下的局面着实让她手足无措。

美帆试着想象翔平父母的面容,却只能勾勒出两张雪白而扁平的脸。一点都不像她这些年见过的朋友的父母。但她分明看见,那两张白脸在嘻笑。

问问姐姐吧。利息、贷款之类的东西,姐姐最清楚了。

美帆姑且得出了这个结论。

"这……"

妈妈智子眉头紧锁,沉默不语。

美帆、智子、真帆和奶奶琴子齐聚御厨家的客厅。平日里最会打圆场的琴子都一言不发。

几天前，美帆打电话给姐姐真帆咨询翔平的助学贷款问题，谁知真帆一听就说："这可不是闹着玩的！这么大一笔钱，我可做不了主啊！"姐姐劝她征求一下长辈们的意见，还说姐夫太阳周五要值夜班，所以她打算带佐帆回娘家蹭饭，问美帆要不要一起去。爸爸那天也要出门，但十点前肯定回得来。

和妈妈、姐姐讨论男友和财务问题，气氛怕是会很凝重，于是美帆自作主张，把奶奶也叫来了。她觉得妈妈最近情绪不太稳定（妈妈说是因为更年期），有奶奶坐镇总归是好的。

"那他有没有具体规划过这些债要怎么还啊？"

真帆试图打破沉默，抛出的问题却很是尖锐。

"不是债，是助学贷款。"

"不是一回事嘛。"

"我觉得还是不太一样的……他说他跟贷款机构商量好了，大概每个月还三万吧。"

"只知道个'大概'怎么行啊，你就没问清楚具体的金额吗？"

真帆从包里掏出手机，打开计算器 App 逼问道。美帆看了看手机备忘录里的数字——是翔平报给她的。

"应该是三万零五百左右。"

本金五百五十万，每月还三万零五百，利息三个点……真帆嘟囔着敲计算器。

"……二十年。刚好二十年能还清。"

"要还整整二十年啊？"

"光利息就要一百八十二万七百九十五！本金是五百五十万没错，可实际要还的是七百三十二万七百九十五啊。"

"二十年，每个月三万，这可不是小数目……"

智子好不容易才挤出一句话来。

美帆心知肚明。没人比她更清楚了。

她就是为了省钱才搬回了十条。房租、手机套餐、人寿保险之类的固定支出能砍则砍，每天带饭上班，每月总算能勉强存下将近四万了。

所以她深知"每月还三万"是多么沉重的负担。

"我反对这桩婚事。"

妈妈终于抬起头，斩钉截铁道。

"啊？"

美帆早就料到妈妈可能会提出异议，没想到等待着她的竟是如此明确的反对。

美帆一直是御厨家的"优等生"，中考考上了学区最好的高中，大学也是她自己选的。从小到大，她几乎没受过父母的责骂，父母也很少反对她的选择。

"我没见过他，不知道他是个什么样的人……"

"那就见见他嘛……"美帆小声嘟囔道。

妈妈轻轻摇头，继续说道：

"你看中的人肯定是好的。所以我不会劝你分手，但结婚还是再等等吧，多谈几年再说，好好考虑清楚。"

妈妈说得委婉，但言外之意是强烈反对。

"可助学贷款不是翔平借的啊，他压根就不知道……"

"也不用急着下定论吧？就按智子说的，再考虑考虑呗。你也没那么恨嫁不是？"奶奶总算插上话了，"要不先把人带回来给我看看？好歹能了解一下他的为人嘛。"

"您肯见他就再好不过了。他人可好了，脑子也机灵，到时候您就知道了。"

"对不起啊，妈，这件事您就别掺和了。"

妈妈一反常态，反驳了奶奶。口吻还算和气，但态度异常坚定。

"智子……"

"您要是见了他，会给他留下'我们全家都同意他们在一起'的印象。眼下我还不能点头。"

妈妈从未如此明确地否决过奶奶的提议。这令美帆再一次痛感"五百五十万的助学贷款"的严重性。

"我也不想泼你冷水……"妈妈叹了口气,"但有些话不得不说。妈,您也听一下。我之所以反对,不光是因为那笔助学贷款。美帆要是结了婚,那个小伙子的父母就成了我们的亲家。瞒着孩子办助学贷款,还把额度拉满,拖到要付利息了,才把责任推卸给孩子……说实话,我觉得这样的爹妈实在是很不像话。"

"可结婚是两个人的事,公婆靠不靠谱又有什么所谓呢。"

真帆插嘴道。智子狠狠瞪了她一眼。

"结婚是一辈子的事,天知道以后会遇到什么风风雨雨。只要老公靠谱就行,不跟婆家打交道就是了……这都是不切实际的漂亮话。日本人在这方面还是很传统的,分不了那么清楚。你也是结了婚的人,这点道理都不懂吗?"

"话是这么说……"

门铃的响声宣告了爸爸的归来。智子起身走向玄关。

"想当年,背着债结婚倒也不是稀罕事。"

琴子回头看向玄关,轻声说道。

"别灰心啊!"真帆拍了拍美帆的背,"我跟你说,我有个朋友刚订婚,准公婆就给她买了一个亿的寿险。"

美帆心想:姐姐居然搬出这种例子来安慰我,我看起来有那么沮丧吗?

"后来呢?"

"她跟未婚夫谈了很多次,没找到双方都满意的解决办法,最后只能解除婚约了。"

这算哪门子的安慰啊,也没有参考价值。

"我回来了。"

爸爸走进客厅,与美帆对视一眼。妈妈肯定在走廊上给他讲了个大概,可他面色如常,脸上没有一丝波澜。

"回来啦。"

客厅里的三人异口同声道。

妈妈的表情依然冷峻。

"我去换身衣服。"

爸爸撂下这句话,匆匆走去卧室。

"美帆,一会儿跟你爸好好说说。"

"哦。"

妈妈端来饭菜时,爸爸已经换好家居服(运动衫加运动裤)回来了。爸爸一动筷子,美帆就噼里啪啦地讲述了事情的来龙去脉。姐姐和奶奶在客厅静观其变,大气都不敢出一声。

"……我也不好说什么。"

"啊?"

第一声惊呼出自妈妈智子。

"毕竟是你看中的人,我也不好反对。你跟你妈看着办吧。"

爸爸语气淡定,筷子都没停一下。

"你这人怎么总是……"妈妈垂头丧气,"出了问题就知道逃避,就会装好人!"

"妈妈,爸爸应该不是这个意思……"

"每次都让我唱白脸!随你怎么说,反正我坚决不同意!"

妈妈起身回房,狠狠带上了房门。爸爸半张着嘴,呆若木鸡。

爸爸,早知今日何必当初啊,有话直说不好吗……

爸爸的表现让美帆略感烦躁,奈何她现在没心思管父母的闲事。她看向奶奶和真帆:

"怎么办啊……"

"还是跟你爸妈好好谈谈吧,"奶奶琴子说得明明白白,"他们也是怕你以后受委屈啊。七百多万可不是小数目。"

"明明是五百五十万嘛……"

"加上利息不就是七百多万了。"

"话是这么说……"

琴子转向儿子。

"你也得跟智子好好谈谈。"

爸爸"哦"了一声，接着吃饭。

美帆看向姐姐。真帆耸了耸肩，仿佛在说"我也不想多掺和"，又有点像"决定权在你"。

十条是一个很有烟火气的地方，但翔平的老家更胜一筹。

美帆对这一点倒是早有耳闻。因为最近常有深夜档综艺节目组来这边采访，她也看过几期。到处都是通宵营业的小酒馆，车站后面还有一条小花街，简直是"不夜城"。

杂志上说，这一带有很多廉价酒馆，花一千就能喝个烂醉，美帆还真想去体验一下。但她这次是"跟男朋友回老家见家长"，心态自然是不同的。

美帆怀着紧张的心情走出车站。

翔平的家人住的是离车站十分钟路程的木结构独栋房。穿过只有酒馆的商业街，映入眼帘的就都是木结构民宅和廉价公寓了。翔平是老三，上头有两个哥哥。听说家里的房子是租的，不是买的。

"加奈子，我回来了——"

走到家门口时，翔平突然大喊一声，拍了拍玄关的推拉门。哐当哐当……拍门的巨响吓得美帆心惊肉跳。

"加奈子是谁啊？"

"哦，我妈。"

话音未落，推拉门就哗啦啦地开了。

抱着小狗的中年妇女看着他们，咧嘴一笑。

"回来啦。"

"嗯，带了朋友来。"

加奈子细细打量美帆。

"朋友？是女朋友吧？"

她穿着粉色针织衫和牛仔裤。照理说这是二十多岁的小姑娘才敢穿的衣服，但染着一头棕发的加奈子穿着也不突兀。

"啊！您好，我叫御厨美帆。"

美帆深鞠一躬，头都快碰地了。

"小翔跟我提过你。进来吧，家里有点乱，别介意啊。"

加奈子态度和善，举手投足都比美帆想象中更普通，这让她稍稍松了口气。

通向客厅的走廊上堆满了旧杂志和衣箱。

"来客人的时候好歹收拾一下吧。"

翔平对妈妈的背影发了句牢骚。

"这不是来不及嘛。"

"啊，不好意思……"

几天前，美帆又跟翔平谈了谈助学贷款的事情。当时她小心翼翼地问:"你爸妈是哪种类型的啊?"翔平随口便道:"要不跟我回趟家看看?"美帆对助学贷款的问题仍有顾虑,但是"想见见翔平的父母"的念头占了上风。

"没事啦,哪怕你们提前打招呼,家里也还是这副样子。"

加奈子自相矛盾,哈哈大笑。

八帖大的客厅里摆了两张大沙发、一张桌子和两台电视。每件家具都很大,一下子就把客厅撑满了。疑似翔平哥哥的人对着其中一台电视打游戏。另一台电视放着高尔夫球赛的直播,是翔平的爸爸在看。父子俩都有点胖,长得也很像。翔平大概更像妈妈一点。

听说翔平的大哥在附近的建筑公司上班,还跟父母一起住。二哥已经结婚了,很少回来。

两张沙发都有人坐着,美帆只得站在一边。

"你俩赶紧腾个位置出来!翔平的女朋友都没地方坐了!"

加奈子喊了一嗓子。

爸爸乖乖起身,挪去了正在打游戏的大哥旁边。在此期间,这父子俩都没瞧过美帆一眼。美帆心想,第一次上门总得先做个自我介绍,好歹报一下名字,可就是找不到合适的机会。

"随便坐啊。"

加奈子都发话了,美帆便坐在了翔平的爸爸刚才坐的地方。沙发余温尚存,感觉很不自在。

加奈子只给美帆、翔平和自己倒了茶,没管老公和大儿子。美帆道了谢,轻抿一口,就不好意思再喝了。

一家人各看各的,没人说话。

"会打高尔夫吗?"

翔平的爸爸转头看向美帆。

这个问题来得太突然了,美帆下意识指着自己问道:"您问我吗?"

"嗯。"

"呃,不会。我爸爸会一点……"

"哦。"

沉默再度降临。

"呃……您平时打高尔夫吗?"

美帆如坐针毡,只得开口问道。

"你问我?"

"呃……对。"

"不会,啊哈哈哈哈……"

对方笑道。

"荣太只玩摩托。"

翔平告诉美帆。

"摩托？"

"他爱骑摩托车。"

加奈子补充道。直到此刻，美帆才反应过来：翔平对父母居然是直呼其名的吗？他平时在美帆面前都说"我爸""我妈"的，她都没发现。

"哦……您经常骑车兜风吗？"

"最近不太骑了。你瞧他胖成那样，又一把年纪了，也骑不动啦。不过他前一阵子刚买了辆新摩托，贷了两百万呢，结果也没怎么骑。"

不知为何，在场的所有人都哈哈大笑起来，只有美帆不声不响。

"这哪儿行啊。"

翔平笑着劝道。

"这么正经干吗。"

翔平说得没错，这确实是加奈子的口头禅。

眼看着快到饭点了，翔平起身说道："我们找地方吃个饭，一会儿就不过来了。"

"哦，好。"

加奈子没有挽留，送他们到门口。大哥自始至终都在打游戏，头都没抬一下。

"呃……"

在走向车站的路上,美帆战战兢兢地发问。

"嗯?"

"呃……我是不是哪里做得不好?"

"啊?你说什么?"

"是不是哪里得罪他们了?"

"啊?"

见翔平一头雾水,美帆就没再问下去。

直觉告诉她,他们平时就那样。

从头到尾就只请美帆喝了一杯茶。没有问候和介绍,没有闲话家常,也没留她吃晚饭。但他们似乎并不讨厌美帆,对她没什么恶意,也不在乎自己欠了多少债。

美帆可以理解翔平为什么无法跟家人划清界限,断绝来往。毕竟他们也没坏到那个地步,只是没完全"长大"。

说不定,翔平的美术才华就是被这种家庭环境打磨出来的。

美帆跟翔平在车站跟前的廉价居酒屋吃了点东西(真的只花了不到三千),然后便回了十条。

怎么办呢……到家后,美帆陷入沉思。

今后的路,到底该怎么走?

今天就不分享我的经历和想法了。我想借这个机会,征求一下大家的意见。

如果你从未婚夫/未婚妻或伴侣那里听到了一个惊天动地的坏消息……

如果这个坏消息,很可能对你们的关系与婚姻产生重大的负面影响……

如果该为这件事负责的不是对方,而是对方的亲属……

如果你的父母听说以后,强烈反对你们继续走下去……

要是跟他结了婚,这个博客的名字,我一直以来的目标——"买独栋房领养流浪狗"就不太可能在短期内实现了。摆在我面前的问题就有这么严重。

如果遇到这种情况的是你,你会怎么抉择呢?


看到现身于阿佐谷站跟前的街绘姐,美帆倍感怀念。街绘姐还是老样子,一身棕——棕色的开衫配棕色的裙子。

"好久不见!没想到你会主动约我,可把我高兴坏了。"

街绘姐也喜笑颜开,差点冲上来握住美帆的手。

"不好意思啊,麻烦你特地跑来阿佐谷。最近我妈身体不太好,我不能出门太久,我们现在住的地方也不好招待客人……"

"伯母哪里不舒服啊?"

"可能是搬家累着了,去年年底心脏突然出了点问题。不过现在已经好多了,只要在家静养就不碍事。"

在车站跟前的咖啡厅坐定后,街绘姐娓娓道来。

一周前发短信联系的时候,美帆得知街绘姐和伯母搬出了那座大宅院,如今租住在紧挨着车站的公寓楼。

"啊?那……那老房子……"

"卖掉了。"

"啊……"

"不是被逼无奈啦。"

原来周边的开发商早就找上了街绘姐,问她卖不卖那块地。

"开发商会把老房子拆了,在那块地上建一栋小公寓楼。到时候我们能分到一套。现在只是临时过渡一下。"

街绘姐好像瘦了一点,但脸色和表情都比以前明朗了不少。发型也有细微的变化——拨开了刘海,露出了额头。

"我妈对老房子还是很有感情的,所以我们也犹豫了很久。最后反倒是离职这件事推了我一把。"

街绘姐没有明说,但美帆不难想象,母女俩应该拿到了一笔不少的钱。

"现在租的这套房子我也挺喜欢的，离车站很近。虽然比老房子小了很多，但很暖和，浴室干干净净的，锁上大门就能出门了①，真的很方便。连我妈都说：'街绘啊，我们怎么就没早点搬出来呢。'"

"这样啊……那新的工作有着落了吗？"

"我在学护理呢。是不是还挺俗气的？我妈这样子，迟早是要人照顾的。而且我这个年纪能从头学起的东西也不太多。"

"哪里俗气了，明明是很了不起的工作嘛。"

"等妈妈身体好些了，我打算从养老院的兼职护工做起。有时间的话，再考个行政书士②的资格证。听说有了证，就能当意定监护③人了。再把护理专员④的证考下来，就不愁找不到工作啦。"

美帆心想：啊，原来是这样……

难怪街绘姐满面红光。因为她找到了人生的目标啊。搬

---

① 如果住独栋房，出门前需要锁好所有门窗，相对麻烦。
② 为委托人制作并提交各种文件的行政手续专家。
③ 成年人在自己尚具有完全民事行为能力之时，以自己的真实意思表示为自己确定丧失民事行为能力后的监护人。
④ 为需要护理的人提供咨询，就其身体和精神状况提供建议，制订护理计划并与市政当局、服务提供商和设施联系的专业人员。

了家、老房子卖了个好价钱什么的，那都是次要的。

"你呢？是不是碰到了什么事啊？"

"是这样的……"美帆犹豫了一下，不知道该从何说起，"呃，我交了个男朋友……"

"哦？"

"都到谈婚论嫁的阶段了，可是……"

美帆如实道出翔平的助学贷款问题。街绘姐认真听着。

"五百五十万确实不是小数目……"

街绘姐沉默片刻。

美帆不由得想：听到这个数字的时候，大家都是一样的反应呢。刚开始都觉得助学贷款没什么大不了的，可是一听到具体的金额，就都不吭声了。

"不过吧，我离职以后想明白了一件事，"街绘姐抬头道，"人生是随时都可以重新开始的。我在那家公司干了二十多年，还以为离职了天就塌了呢，可现在不是也好好的嘛。"

"哦……"

"这年头，没有什么是绝对的。"

"是吗？"

"大家都得做好随时随地从头再来的准备，无论有没有债务都一样。"

美帆感慨万千。一场变故,让本就温柔善良的街绘姐拥有了更宽广的胸怀。

今天,我去见了一位初入职场时带过我的前辈。

她因为一些事离职了,现在正在学习护理知识。

她还在备考行政书士,希望有朝一日拿下护理专员的证书。

她告诉我,哪怕你现在没有任何技能,只要好好学习护理知识,一边在护理机构工作(据说这类工作还是相对好找的),一边考取行政书士和护理专员的资格证,就不愁养不活自己。

跟她聊过以后,我受到了很大的鼓舞。

我意识到,哪怕失去了一切,也能从头来过。

得知男友的处境后,我的情绪一直都很沮丧。不过见过前辈之后,我就想通了那么一点点。

我很喜欢现在这份工作,每天都过得很充实,跟同事们相处得还算融洽。

我也会用心经营这个博客的。

所以……我今天想跟大家说些心里话。

男友告诉我,他背着五百五十万的债。

都是助学贷款。是他的父母自说自话办的,他被蒙在鼓里。

如果我选择跟他在一起,以后每个月都要还三万多,二十年才能还清。

只要两个人齐心协力,就是能还清的。但这意味着我们不得不放弃原本可以用那三万做的事。二十年后的我都是奔五的年纪了。哪怕还清了债务,我们也只是回到了"零"的状态而已。我真的很爱他,可是一想到这些,我就有点怕。

说实话,我都不知道该怎么办了。我当然也想过结婚以后要孩子,买房子……难道这些小小的梦想都无法实现了吗?


发布这篇博客的第二天,翔平打来一通 LINE 电话,声音里透着疲惫。

"我看了。"

没开视频,只有声音。两人都沉默了一小会儿。

"对不起啊。"

美帆脱口而出。她也不知道自己为什么要道歉。

"你道什么歉啊。听说男朋友背着助学贷款,是个人都会是这个反应的。我自己也受了很大的打击，你会担心也很正常啊。"

"嗯……"

"我知道你是怎么想的了，这样也挺好的。"

"嗯……"

"就是有点难过吧，哈哈哈……"翔平强颜欢笑，"我本来还抱了一丝希望，以为你不会太介意的。"

"啊？什么意思？"

"哦，我还以为你会满不在乎地说'我陪你一起还'呢。"

"我还纳闷呢，感觉你都不是很在乎。"

"不是很在乎什么？"

"就是那些债，呃，助学贷款。"

"我在乎啊，怎么可能不在乎。"

"是吗？看着不像啊。"

"不像？"

美帆吞吞吐吐起来。但她告诉自己，必须趁现在说清楚。

"去你家的时候，从头到尾都没人提助学贷款的事。我也没好意思问……说实话，我还以为你会在家里提一下，问问你爸妈有什么打算，是怎么想的。"

"他们就那样，还能有什么打算啊……"

"嗯，不是还贷款买了摩托吗……我看出来了，你家里人是不太在乎那种事的。"

美帆不忍心再说翔平父母的坏话。

"所以……我有点看不到未来了。"

"我是想回头再跟你谈的。"

"……是吗？"

"嗯？"

"这种事是能'回头再谈'的吗？我知道，这笔钱总得有人还的，但你爸妈不太可能给出让我信服的说法。"

"确实……不太可能。"

"对吧。"

助学贷款只能靠他们自己还。这是明摆着的，根本用不着问翔平。

"既然指望不上别人，那就只能找一个我们都能接受的方法。局势已经没法改变了，只能想办法说服自己了吧。"

没错。关键还是能不能说服自己——把高达五百五十万的债务纳入自己的人生。

"你说的这些……我好像听明白了，又好像不太明白。"

"是吗？"

"你的意思是，我们有必要暂时分开一段时间，好好考虑考虑，是吧？"

美帆"啊？"了一声，却没有多说什么。因为她心里也是这么想的。

"看了那篇博客，我就反应过来了。在这个问题上，我是不能强迫你干什么的，也不能自说自话把你卷进来。最近我就不主动联系你了。你要想联系我的话，发LINE、短信都行。"

不，我不是这个意思！为了你，被卷进去我也心甘情愿啊！——美帆很想这么说。但她又觉得，这些话并不契合她此刻的心境，于是选择了沉默。

"那就先这样吧。美帆，保重身体啊。"

翔平的声音无比温柔。美帆还没来得及回答"你那么忙，也要多保重"，电话就断了。

> 今天这篇博客要请我奶奶舟子（化名）来客串一下。
> 毕竟快到敬老节了嘛。
> 其实我在之前的博客里提过她好几次了。
> 读者们纷纷留言，说"你奶奶真有意思"，"看得我都精神了"。
> 于是我就跑去问奶奶："如果让您写博客，您会写些

什么呢?"

没想到,她报出来的几个话题都还挺吸引人的。

比如……"为什么七十三岁的我找了个班上""不费吹灰之力做出美味可口的米糠腌菜""妈妈口中的二二六事件[①]"……

今天就聊聊这个博客的读者应该会很感兴趣的园艺吧。不瞒你说,我奶奶可会养花花草草了。

下面就让她老人家传授一下打造"百元盆景"的诀窍。

很多人想在家里养点花花草草,可是不知道该从哪里入手,一不留神连绿萝都能养死……

一个人住的女生可以养点什么呢?我开动脑筋琢磨了一下,得是好养又好看的,最好还能帮着省钱。

先去趟百元店吧。

买最大号的塑料花盆和园艺土。花盆一定要大,形状倒是无所谓,长方形的也行。

回家以后,把土倒进盆里。花盆底下都有洞,记得

---

① 发生在1936年2月26日的日本法西斯军人的武装政变事件。

提前铺上滤水网或者装橘子的网袋。

然后再去趟超市，买点小葱和鸭儿芹。爱吃香菜的话，也可以顺便买点。爱吃什么就买什么，但一定要买带根的。

我个人比较推荐能当作料用的香味蔬菜①，因为作料每次只需要一点点。如果你是一个人住，或者家里人口少，买多了肯定用不完，不如自己在家种，用多少剪多少，可方便了。

买回来的菜留最下面的五厘米就行（切下来的叶子也别浪费了。用不完的话，可以切成末冻起来）。

插进装了水的杯子泡上一两天，再捞起来种进花盆。家里没铲子也不要紧，用一次性筷子在土上戳个洞，往里一插就行了。

不过嘛，什么东西种哪里还是有点讲究的。先固定好花盆的朝向，再把葱种在远处，鸭儿芹和香菜种在近处。如果你家更常用紫苏叶或欧芹，不妨直接去园艺用品店买点菜苗（也就百来块），一起种进去，这样会比较有层次感。厨房用剩下的香味蔬菜，都能立刻变成养眼

---

① 本身有特殊味道的蔬菜，比如葱姜蒜。

的小盆景呢。

种下以后，一定要把土浇透，浇到盆底有水流出来。

养上一个月就能用啦。用多少剪多少，过不了几天又会长出新芽了。

再贴一张照片，给读者们瞧瞧奶奶搞的香味蔬菜拼盆。

奶奶还真没骗人，那就是个不折不扣的小盆栽。最外面是笔直的葱，跟前是矮半截的鸭儿芹和欧芹，绿油油的，很是养眼。

"这种东西真有人看吗？""舟子"——奶奶琴子忧心忡忡地打量着美帆的电脑屏幕，"是个人都会在家里种点小菜的吧？"

"不一定哟。"

美帆调格式的时候，琴子泡了一壶香气四溢的红茶，用的正是那个漂亮的茶壶。

"奶奶，这茶真好喝啊！"

"好歹是大吉岭的嘛。是我在专卖店买的，就买了一点点。用量不能多也不能少，得用茶匙量好，水温也要足够烫，还要给茶壶套个保温套呢。"

奶奶亲手做的保温套就放在茶壶边上。套子是用绗缝的布做的，填了足量的棉花，手感软软的。

"今天怎么没去找翔平啊，出事啦？"

奶奶早就知道美帆开了个博客，还在手机上收藏了链接，时不时打开看看。

"嗯……"

"跟钱有关？"

"……我在博客里提了翔平的助学贷款，反响还挺大的。"

岂止是"挺大"的。

发布博客两天后，一位出过书的著名博主发了这样一条Twitter。

——这篇博客的作者被未婚夫的助学贷款难住了。我也很想给她加油，可五百五十万确实不是小数目。这种制度就不能改改吗？

还贴上了美帆博客的链接。

各路博主纷纷转发，有些人还附上了自己的看法。浏览量一路飙升至五位数，评论也比平时多多了。

然而，评论不全是积极正面的。

除了"加油！""我懂，你肯定很纠结……"，还有"这种人不配结婚""你的前提就是错的，真这么在乎钱，一开始就该找有钱的""这种事都被你拿出来到处说，你未婚夫可真惨""借钱不还，跟小偷有什么区别啊"……

美帆郁闷极了，甚至有些害怕。因为有些评论完全曲解了她的意思。

向大众表达自己的想法可真难啊。

没过多久，美帆就又发了一篇博客，说"感谢大家的踊跃评论，我会认真考虑的"。不过她后来也没有再提助学贷款的事情。

虽有不快，但美帆还是想把这个博客做下去的。说过的话得算数啊。于是她就请奶奶琴子出山了。

"现在可不是搞博客的时候啊，更要紧的事都还没办呢。"

"啊？"

"你跟你爸妈谈过翔平的事没有啊？"

"没，不过我前一阵子去了趟翔平家——"

美帆跟琴子描述了去翔平家时发生的种种。

翔平的父母和自家爸妈相差太大，让她大感惊讶。翔平家似乎还有别的贷款，他们好像不觉得欠债是很严重的事情。话虽如此，他们也不像是那种坏到骨子里的人……

"哦……"

"奶奶，您怎么看？如果是您，您会怎么选呢？"

"不好说啊……"

琴子支支吾吾。

"您上次不是说，以前有很多人背着债结婚吗？"

"嗯，但你不能不考虑物价呀。当年的物价是跟工资一起涨的，所以只要努力工作，就能把债还清。而且十年一过，债务本身也会贬值的。可是时代变了。这几年大环境稍微好了一点，可万一又开始通货紧缩了，债务是会跟着升值的。"

"奶奶，您别吓唬我啊……"

琴子摇了摇头。

"我可不是在吓唬你。那天真帆说得也没错，结婚是你们两个人的事情，只要翔平靠谱，日子倒也不是没法过。好男人可是稀缺资源。"

"翔平算好男人吗？"

"有份正经工作，不家暴，不吃喝嫖赌，也许就足够了。"

奶奶聊起了她的忘年交，靠打工养活自己的安生和自由撰稿人希成。听说他俩最近同居了。

"安生赚不了几个钱，可希成还是想跟他过一辈子呀。"

"怎么就看上他了呢？"

"希成大概是觉得，跟他生儿育女，过平平淡淡的日子，比找个有钱人更好吧。"

"……哦……"

"到头来还是看你。只有你能对自己的人生负责。你爸妈和我再怎么努力,都没法替你过下半辈子。"

这番话看似是在安慰美帆,可每个字都令人生畏。

月历翻了一页。许久没有联系的翔平发来一条短信。

——这次我有幸为欧洲古典乐二重奏组合"Favorite"设计了一款海报。入职事务所以来,我一直在给前辈们打下手,这是我第一次独立完成一个项目。下月一日起,这款海报将会张贴在JR(日本的铁路系统)和私铁的各大车站,至少有音乐厅的上野、六本木和涩谷是肯定会贴的。如果碰巧看到了,希望你能驻足片刻,感叹一下"这就是沼田翔平设计的啊"……

原来是群发的,不是专门发给美帆的。

美帆都好几周没跟翔平说过话了。收件箱里出现他的名字时,她生出了毫无杂念的欢喜,心花怒放。发现是群发的短信时,还真有那么点失落。

她灵机一动,给奶奶打了个电话。

"奶奶,您不是想见见翔平吗?要不要跟我一起去看看他设计的海报呀？"

美帆也没见过他设计的海报，但看过他用作毕设的平面设计。她坚信，这次的海报肯定很出彩。

"……你能想到我，我当然是很高兴的，不过美帆啊，还是让你爸妈陪你去吧。"

"别啊，奶奶，他们那么反感翔平，才不会陪我去呢。"

"不会的啦。他们肯定也想多了解一下宝贝女儿看上的人。要是你妈说什么都不肯去，我再陪你去就是了。"

"可……"

"母女连心啊。"

这是婚事遭到反对后，美帆第一次联系妈妈。尴尬仍在，所以她只发了一条简短的短信。

——翔平设计的海报就要贴出来了，我想下个月一号去车站看看，要不要一起去？

妈妈第三天才回。美帆都快死心了。

——好，一起去吧。

母女俩商量了一下，决定等美帆下班了在涩谷会合。

那天上班时，美帆从十条一路找到新宿，却没有看到翔平的海报。

下班后，她如约走去涩谷站的八公检票口。只见妈妈绷着个脸，一旁站着西装革履的爸爸。爸爸拿着公文包，看来是刚下班。

"爸爸也来了？"

"我告诉他了，他说他也想看看。"

妈妈看向爸爸。爸爸点了点头。

"……毕竟是要紧事。"

"啊？"

"是你的终身大事。"

美帆不知该说什么才好，只得沉默。妈妈开口道："那就找找看吧。"

三人环顾四周，从靠近JR的站内通道找起。

"妈妈，你走得动吗？"

美帆怕一个月前刚动过手术的妈妈吃不消。妈妈总算露出了一丝微笑。

"走路已经没问题了。医生也让我适当走动一下，防止体内的伤口粘连。"

"这段时间，我们一到周末就出去散步。"

爸爸嘟囔道。

"嚯……"

美帆搬出去之前可从没听说过"父母并肩出门散步"这

种事。莫非家里就剩他俩了，所以生活节奏有了点变化？

"没想到你爸还挺喜欢散步的。大概是打高尔夫球练出来了，走得可快了。"

天知道是不是美帆看走了眼。说这话的时候，妈妈脸上仿佛有一丝羞涩。

三人慢悠悠地逛了逛靠近JR的站内通道，还绕去东急百货店那边找了找，可惜收获全无。每次看到音乐会的海报，美帆都会先跑过去看一看，爸妈慢慢跟在后头。

仿佛回到了小时候。

美帆是老二，但凡跟爸妈一起出门，姐姐肯定也是在的。大学的毕业典礼是极少数的例外。

不对，还有一次——

还记得小学二年级开运动会那天，得了流感的真帆被送去了奶奶家。爸妈一起来学校观战。比赛结束后，美帆牵着爸爸妈妈的手，一起走回了家。

姐姐生病了，她当然是很担心的，但独占父母的喜悦更胜一筹。走在爸爸妈妈中间，每一步都像是踩在云上。她撒了一路的欢，兴奋得差点摔倒。她跟姐姐确实要好，但还是无比渴望父母的关注。如今回想起来，只觉得儿时的自己分外可爱。

细想起来，爸爸这个公认的"甩手掌柜"其实并没有缺席过学校的重要活动。

"好像没有啊……"

三人把JR的站内通道找了个遍，还是没找到翔平的海报。

"搞不好在地下。"

爸爸低声说道。

"在地铁站啊……"

"先去地铁站找找吧。JR的其他站台可以在回十条的时候顺路去。"

美帆本想尽可能不去地铁站的。

她很少在涩谷坐地铁，也知道这个站非常大，一层一层又一层的，结构错综复杂。而且现在都晚上六点多了，地铁站人满为患，光是挤来挤去就能把人累得够呛。

"可……妈妈，你还吃得消吗？走得动吗？"

"能有几步路啊，没关系的。"

大概是美帆脸上写满了担忧，妈妈笑得比之前明显了一点。

"先去检票口那层吧。"

爸爸一反常态，主动提议，声音铿锵有力。

"嗯。"

可怜天下父母心。

爸妈带头走向通往地下的楼梯。美帆看着双亲的背影，心想"就算找不到海报，我也心满意足了"。

他们那么反对我跟翔平在一起，却睁大眼睛陪我找了这么久……

然而，检票口所在的楼层和设有小卖部的过道都没有翔平的海报。

"看来只能买站台票进去找了……"

爸爸嘟囔道。

"算了吧，今天就别找了。改天我去别的车站找找看，找到了再联系你们。"

"来都来了，就这么回去多难受啊，好歹进地铁站看看吧。"

爸爸去窗口排队买三人份的站台票。

"你奶奶特意敲打过他。"

并肩等候时，妈妈幽幽道。

"啊？奶奶说什么了？"

"她说：'事关宝贝女儿的终身大事，你这个当爹的可不能不闻不问，不然以后要后悔的。'"

"啊？"

"她还说啊，我跟你爸以家人的身份管你的机会是会越来越少的。"

"越来越少……"

"等你结了婚，有了孩子……这大概就是我们最后一次参与你的重大决策了。"

妈妈落寞地笑了笑。

"怎么会呢。"

"好了，走吧。"

爸爸买好票回来了。一人发一张。

"我还是头一回用站台票。"

"我也是。"

母女俩终于相视一笑。

母女连心啊。

奶奶的声音在她脑海中回响。

"先去最底下的副都心线吧，然后一层层往上找。"

三人换了两部长长的扶梯，深入地下。

"我都没坐过这条线，挖得好深啊！"

站在最前面的妈妈回头看向美帆和爸爸，一脸惊讶。

"因为副都心线建得最晚，别处已经没地方建站台了吧。"

来到站台时，刚巧有一趟列车进站。乘客蜂拥而出。

"对不起啊……你们就别挤过去了，我先去找找看！找到了回来叫你们，你们慢慢走啊！"

美帆转身要走，却被妈妈拦住了。

"这么多人，跑来跑去多危险啊。慢慢走过去就好了，我还走得动。这样站台两边都能看到，反而省事。"

爸爸也点了点头。

"对不起啊……谢谢……"

美帆再次道歉。

翔平的海报就贴在站台的正中央。美帆在十米开外一眼就认出来了，天知道之前怎么会费了那么大劲还找不到。模糊的震撼迎面而来，和第一次看到翔平的画作时别无二致。

"怎么了？"

妈妈注意到美帆加快了脚步，连忙问道。

"应该就是那张。"

美帆指着前方的海报说道。

凑近一看，果然是翔平在短信里提到的古典乐二重奏组合的海报。

"就是这张？"

"嗯，应该是的。"

三个人站在海报正前方，抬头望去。

海报比想象中大得多。

主色调是宛若夜空的黑色，缀着金色的小点，乍看像星星，仔细一看，又像女性的侧脸和月亮。只有女性的嘴唇上有一点红色，好似浮现在夜空中的红心。角落里有几行金色的字，是演奏会的时间、地点与组合名。

真好看啊……美帆心想。看似简单，其实用足了心思。

"是不是用了漆器啊……"

爸爸喃喃自语。

"啊？"

"乍看像直接画出来的，但搞不好是先定制漆器，再拍成照片，然后用照片调的。"

被爸爸这么一说，美帆才注意到海报的边缘处有神似流云的纹路，还真有可能是漆器的光泽。

"有道理啊，爸爸，亏你能看出来。"

"确实是下了功夫的……"

妈妈也赞叹道。爸爸把手放在美帆的肩上。

"改天请他来家里坐坐，问问他是怎么弄的吧。"

"啊？你们肯见他了？"

美帆下意识看向妈妈。妈妈还皱着眉头盯着海报。

"我越看越觉得……哪怕最后做不成一家人，也得先见见他再做决定，不然一定会后悔的。"

爸爸如此说道。听到这里，妈妈总算也微微点了点头。

"亏您能看出来！"

那个周末的中午，西装革履的翔平来到御厨家。美帆的爸爸一问，他便如此惊呼道。

"您说得没错，就是先找人做漆器，拍成照片，再导入电脑软件调出来的。说实话，这么搞还是相当费时的，成本也高。师兄和领导都看不下去了，让我直接用电脑画，可我觉得电脑画的没深度，还是顶住压力做出来了，前前后后不知吃了多少苦头……"

翔平因邂逅知音满心欢喜，激动得身子都往前倾了。可说着说着，他忽然想起自己正坐在女朋友家的客厅，难为情地笑了笑，喝了口妈妈智子端来的茶。

"呃……这种技术都是在大学里学的吗？"

上完茶，智子便坐去了和彦身边，开口问道。她本来是不太欢迎翔平的，但"多了解他一点"似乎成了她今天的首要任务。

"是的，基本功都是在大学里打的。刚入职的几个月我也学了很多新东西。我们事务所用的是最先进的技术，师兄师姐的水平也很高，我涨了不少见识。"

翔平肯定知道美帆的父母因为助学贷款的事反对他们在一起，答起话来却是大大方方的，一点也没发怵，颇有些在享受对话的感觉。

"看来你进了家好公司。"

爸爸一反常态,频频发话。

"以前有位老师告诉我,很多东西只有上班挣钱了才能学到。这话真是太对了。我们事务所对员工的要求是很严格的,但也会花很多精力培养新人。虽然工作强度很大,薪水也不高,但每个项目都很有干头,同事关系也很融洽。"

爸爸连连点头,一副深有同感的样子。

"我们大学的老师还说,一份工作好不好,主要看薪水、工作内容和人际关系,这三项里只要有一项是好的,就能一直干下去。可要是都不行,心理迟早要出问题的,还是赶紧辞职来得好。我们事务所至少达标了两项,所以还凑合吧。"

翔平挠着头,笑了笑。智子与和彦也跟着笑了起来。

一旁的美帆回忆起了许许多多——

刚跟翔平确定关系的时候,她在新宿的一家店买了条连衣裙。拿回家一看,裙子的下摆有点开线。她立即回去讨说法,可店家态度冷淡,死活不给她处理。多亏翔平不卑不亢,据理力争,店家才同意退货。这件事让美帆认定,翔平是个靠谱的人。

后来,翔平进了设计事务所。职场的打磨让他的言谈举止愈加成熟，人也越来越稳重了。只是他们平时大多去对方家里约会，不太能感受到这方面的变化。

"对了……"智子跟和彦对视了一眼，对翔平说道，"我们想留你吃顿午饭，但我前阵子刚出院，身体还没养好……"

"哦，美帆跟我说过的。不好意思啊，这种时候还上门叨扰……"

"没事没事，是我们请你来的呀。我们在纠结叫什么外卖呢，你喜欢寿司还是鳗鱼饭呀？如果你不爱吃鱼的话，叫别的外卖也行，随便你。"

翔平看向美帆。美帆点点头，示意他"别客气"。

"那……要不就叫个寿司？"

"好，那我去叫。"

附近的寿司铺送来寿司后，餐桌上也没有冷场。

从翔平上初中和高中时参加的社团活动，聊到学美术的契机，再聊到美帆小时候的趣事……

"这汤是伯母亲手做的吧？"

聊着聊着，翔平端起寿司盆边上的小碗问道。

"哦，对，我就只做了这个。"

碗里的蛤蜊开着口。说不定，这就是妈妈为第一次上门的未来女婿准备的一点小心意。

"味道真好，特别鲜。"

"我平时都用速溶汤料的，但今天有客人来嘛，所以用海带熬了高汤。"

"哦……我妈的厨艺不太好，要想喝这种汤，就只能下馆子……"

美帆能感觉到，在翔平提起家人的时候，自家爸妈面色骤然一紧。

"……美帆跟我们说了……"智子放下筷子，端正坐姿，"呃，说了助学贷款的事……"

"我知道。"

把寿司几乎吃了个精光的翔平也放下了筷子。定睛一看，智子面前的寿司还原样未动。她只是看似平静，其实心里紧张得很。

"我跟美帆她爸商量了一下。"

两位家长对视一眼，点了点头。

"妈妈，也不用现在说吧……"

"不，美帆，这是……"

"没关系的，我明白……"翔平打断了母女的争论，"我很理解伯父伯母的顾虑。毕竟不是小数目，是个人都会担心的。但我还是觉得，这是为了供我上大学欠下的债，得靠我自己来还。"

翔平低头鞠躬。

"对不起。如果伯父伯母因为这个反对我们在一起,我也没有怨言。但能不能再给我一点时间呢?现在就结婚也许不太现实,可我能不能继续跟美帆交往,同时摸索还贷和其他的解决办法呢……"

翔平道出酝酿多时的计划。

"知道家里借了助学贷款以后,我一直在想,只要换一套租金更便宜的房子,省吃俭用,每个月应该就能多还一点了。我还问了事务所的领导,领导说员工是可以利用双休日搞副业的……所以我会再打一份工,尽快把贷款还清。"

智子与和彦再次对视。

"你都想这么远啦……"

"嗯,就是可能要委屈美帆多等几年……"

听到这里,和彦问了一句:

"你觉得呢?"

同时向妻子投去征求许可的目光。

智子轻轻点头。

"……其实我们也有个想法。"

"啊?"

美帆心头一紧,生怕听到坏消息。妈妈看着美帆的眼睛微微摇头,仿佛在说"别担心"。

"听说你背着助学贷款以后,我们也讨论了好久,还找美帆的奶奶商量了一下。你看这样行不行——贷款总共是五百五十万,我们出五十万,就当是给美帆的嫁妆。剩下的五百万问奶奶借,一次性还给贷款机构。然后你们再用十年时间一点点还给奶奶,给她老人家一个点的利息。每个月大约需要还四万三千八。借条当然也是要打的。这样一来,只要你们都有工作,就不至于承担不起。十年内还清,对未来的影响也会比较小一点。"

"爸爸……"

爸爸铿锵有力地说出了这么一大段话。美帆都好久没见到这样的父亲了。

"不然要多还近两百万的利息,太浪费了。只要在十年内还清,哪怕你们几年之后有了孩子,也能在开销最大的时候到来之前还完。"

"等你们有了孩子,或者奶奶那边急需用钱,再调整每个月的金额就是了。"

智子插了一句。

"……为什么啊?"翔平顾不上感谢和道歉,惊呼道,"为什么对我这个外人这么好?"

"因为美帆是我们的宝贝女儿,我们希望她开开心心的啊!"妈妈急切地说道,"实话告诉你,这笔钱……无论是我们出的那五十万,还是奶奶借出的五百万,对我们来说都不是小数目。每一分都是我们省吃俭用攒下来的,不是大风吹来的。请你牢牢记住这一点,别让我们美帆受委屈。"

"爸爸,妈妈,谢谢你们……"

美帆鞠躬道谢。妈妈却说:

"你最该谢的是奶奶,这个方案还是她老人家提出来的呢。"

"想必伯父伯母听美帆提过……我没有从父母那里得到过这样的爱,所以我以后……说不定会有做得不到位的地方,到时候还请多多鞭策。"

翔平起身深鞠一躬。

"谢谢,给大家添麻烦了……我会永远记着伯父伯母的恩情。"

"美帆就拜托你了。"

美帆发现,不光她自己掉了眼泪,翔平也哭了。


……就这样,助学贷款的事情总算是告一段落。

我们会用接下来的十年还清这笔钱。那将会是一段漫长而艰难的岁月。有时候，心里还是怕怕的。

我们打算租住在奶奶（舟子）家附近，每月上门还钱。

奶奶倒是一副满不在乎的样子。

"这年头上哪儿找给一个点利息的银行呀。"奶奶总是那么乐观。

大家知道我是怎么说服自己的吗？

我告诉自己，人生路上的每一步都是经历和机遇，还债也不例外。

所以呢，我会把还债的过程详细记录在这个博客里。

敬请期待。

人生中有许许多多的无可奈何。

好比年龄、疾病、性别、时间……

从某种角度看，债务不也是其中之一吗？我难道就不能这么想吗——谁说背着债的我们就不可能过上幸福的生活呢？

钱是为幸福服务的，省吃俭用也是为了过得开心，不能本末倒置呀。

——此时此刻的我由衷地认同奶奶的这句名言。

## 解 说

### "别人是别人,自己是自己"
——你真能想得这么开吗?

垣谷美雨

读完这个故事，脑海中仿佛有人如此质问。

在贫富差距日益扩大的当今社会，"活出自己"究竟意味着什么？我们动不动就会拿自己跟别人比，生出自卑感或优越感。而这本书给了我们许许多多的启示。

读完之后，我认真回顾了自己走过的路。我发现，原来自己早就想读一本这样的书了。

因为我这些年一直都在为钱操心，说我没有一刻不纠结钱都不为过。在超市买番茄的时候，在网上买连衣裙的时候，在咖啡厅点豆奶拿铁的时候……我都会在脑海中纠结"这算贵还是便宜"。一不小心走进一家不熟悉的店，坐定了才发现最便宜的咖啡都要八百多，追悔莫及。一个人也就罢了，要是一家四口都在，怕是会肉痛得想死。孩子在公园玩渴了，在回家路上找个自动售货机买瓶饮料，坐在外面的长椅上喝不就行了？不对，应该自带水壶的……天哪，我怎么这么傻！——想必读者朋友们都能理解这种心态。

夫妻俩收入有限，却得攒钱付首付，还房贷，供孩子上大学，给自己攒养老钱……我的上半辈子被这些事情压得喘不过气。为了追求更高的性价比反复试错摸索，想方设法在严酷的世界生存下去……每天翻来覆去琢磨的就是这些。

这本书的故事发生在东京，这一点也很关键。东京是一座贫富差距很大的大城市。对有钱人来说，到处都是乐子。穷人却不得不为房租头疼，无法享受生活。而且他们难免会拿自己跟有钱人比，感到无比空虚。但东京也有很多免费的博物馆、美术馆、公园、动物园和体验型设施，精明的人完全可以想办法搜罗信息，精打细算，享受闲暇时光。

本书的结构足以打动每个年龄段的人。上班族美帆（二十四岁）发现男友背着巨额助学贷款，男友父母的金钱观也很成问题。美帆的姐姐真帆（二十九岁）是个全职妈妈，对目前的生活很满意，日子过得开开心心。然而和老友聚餐后，"是不是该找个有钱人"的念头突然涌上心头，让她心绪不宁。姐妹俩的母亲智子（五十五岁）则面临着熟年离婚的问题。奶奶琴子（七十三岁）也在为养老钱不够用而忧心……故事就是围绕着四位女性的金钱观展开的。

故事中的一幕幕都极具"日常感"。然后呢？如果是我会怎么做？我迫不及待地想看下去，根本停不下来。这种富有日常感的故事能让读者深深代入，从而反思自己的日常行为和观念。

许多读过我小说的人给出了"很有日常感"的评语。每次听到这样的评价，我都觉得那是在批评我"净写些司空见惯、谁都能写的东西"，心里不是滋味。但读完这个故事以后，我不由得感叹：这位作者真是了不起！她能从普通人的言行举止中敏锐地读出他们的情绪和性格，用文字如实呈现出来。这是多么难得的才华啊。

我这才意识到写出"日常感"有多难。在那一刻，"谁都能写的东西"升华成了"高难度的技艺"。而且，这种能力不能通过训练或努力掌握，而是与生俱来的天赋，只有天性敏感的人才能做到。

在上面提到的四个女性角色中，二十九岁的全职妈妈真帆给我留下的印象最深。真帆在二十三岁时与高中时牵手的初恋男友步入婚姻殿堂。老公是个消防员。他们虽然住着"老破小"，但生活幸福美满，还有了可爱的宝宝。就在这时，真帆的老同学订婚了。好友们聚餐庆祝。看到老同学无名指上的大钻戒，听说人家的准公婆一出手就是一套豪宅，真帆心情复杂。重头戏还在后头。两个还没结婚的老同学你一言我一语：

"看到你刚找到工作就结婚辞职了，我们可都吓了一跳呢。"

"是我肯定会犹豫的，心想万一能找到更好的呢。"

听着就像是"你老公就赚那么点，亏你敢把工作辞了"。真帆大受打击，没想到朋友们是这么看待自己的。

上学的时候关系再好的朋友，都难免会随着境遇的改变（有没有结婚、有没有孩子）越走越远，话不投机。那要是大家都结了婚，都有孩子，就能聊到一起了吗？未必。经济条件的差距会直接体现在生活方式上，关注的话题和烦恼当然也不一样。

以我自己为例。孩子们独立以后，我总算卸下了肩头的重担。有一阵子，同样重获自由的老同学们频频约我出去旅游，但如愿成行的情况少之又少。因为朋友们的经济条件相差甚远（可能是碰巧吧）。有人嫁给了东京高档住宅区大地主的独生子，衣食无忧，有人却摊上了窝囊废，养老都成问题，彼此间的差距实在太大了。

富婆朋友在衣着打扮上就跟人家不一样。

——哇，这件外套真好看。

这么简单的一句话，我都不好意思说出口。衣服的档次差太多了，回过神来的时候，我发现自己正呆呆地盯着她的外套看。

在讨论旅行计划的过程中，大家也产生了很多摩擦。每个人对交通工具的舱位、酒店的档次和航空公司都有不同的偏好。花多少算贵，花多少算便宜，每个人的观感都不一样，很难找到折中点。

学生时代的我们明明是无话不谈的好朋友，可一旦谈到钱，就只能含糊其词绕弯子，最终无法达成一致，只能放弃旅行计划。

出国游也就算了，毕竟每个人想去的地方、方便离家的天数都不一样，开销也比较大，谈不拢也很正常，没想到连国内游都没成行。

也许有人会说，有钱的迁就一下没钱的不就行了？可实际操作起来并不容易。

我自己对国内游也是有点讲究的。第一，不论跟一起出去的人有多要好，酒店都要单独住一间。第二，比起高档温泉旅馆，我更喜欢新建的、干净的西式酒店。第三，因为体力有限，如果去的是有机场的地方，我更倾向于坐飞机而不是火车。就这三点。可是……

"不就是睡一觉吗？胶囊酒店也行啊。"

"两个人住标间更便宜啊,为什么要单独住一间?难得一起出去玩,不该通宵聊天吗?"

可我也不能妥协,因为我是那种必须单独待一会儿才能恢复元气的人。至于对"干净"的讲究,天知道是年龄的问题,还是个人经历的问题,我搞不好是有点洁癖的,可我自己对此无力改变。

久而久之,我就得出了一个结论:邀请朋友来家里喝咖啡、吃蛋糕、聊上几个小时,或者约在餐厅一起吃顿午餐,也许刚刚好。也许这才是尊重彼此隐私的、成熟的交往方式(虽然少了点亲密)。难怪旅行社搞的"单人旅行团"这么火。

随着年龄的增长,家庭经济条件的差距会越来越大,朋友之间的折中点也会越来越难找。富婆朋友能收房租,拿股票分红,躺着数钱。嫁了窝囊废的朋友却捉襟见肘。六十岁一过就很难再就业了,兼职都不好找,赚钱的途径变得极其有限。但故事中的奶奶琴子(七十三岁)鼓起勇气挑战难题,并且找到了现实的解决方法。

我和朋友们都是二十世纪八十年代结的婚。据我所知,大家都是因为纯粹"相爱"走到了一起(说我们当年太天真、不谙世事好像也没错)。当时的我们跟真帆一样,不过二十岁出头。现在回想起来,确实还是半大孩子。

当孩子的教育支出水涨船高时，纯粹的爱情就会被阴云笼罩。比如，当你知道住对面的全职太太光靠老公的收入就能把儿子送进私立小学的时候。又比如，你以为自己跟某个宝妈的生活水平差不多，结果人家悄悄告诉你，她打算把女儿送进国际学校，给孩子一个更好的未来……

那一刻，会有某种情绪在你心底野蛮生长。自己吃点苦也无所谓。每天吃猪肉炒豆芽都可以。衣服只买优衣库，淘二手都行。当然也不能让老公大手大脚浪费钱。无论如何都不能委屈了孩子。可是……

上了国际学校，孩子就能说一口流利的英语，前途一片光明。上了大学的附属小学，就能一路直升，不用再为升学烦恼，可以慢慢悠悠物色天职。无法抑制的焦虑油然而生。你会第一次感受到"为人父母的痛苦"，心头阵阵刺痛。

虽然本书没有描写真帆的未来，但我能想象出，她有朝一日一定会体会到这种心境。"别人是别人，自己是自己"——道理都懂，可人就是控制不住内心的波澜。

如果别家生活富足是因为女方自己开了诊所或者精品店，从早忙到晚，那旁人是不会嫉妒的，反而会心生敬佩。可要是全靠"老公的收入"，那就得另当别论了。

你会忍不住去想，这人长得又不漂亮，身材也不好，到底是怎么抓住这个精英老公的？你会忘记对那些以外表判断女性的男性的愤怒，忘记男女平等的信念，用封建父权主义的眼光去打量她们。

因为跟别人比较而心情沮丧时，我们只能不停地念叨，"别人是别人，自己是自己"。

哪怕到了人生暮年，也会时不时想起养孩子的那几年，感慨当时没能为孩子做这做那……据我所知，没有一位母亲能躲过这种持续到人生最后时刻的痛苦。我们也只能把这些看作人生的一部分，告诉自己酸甜苦辣都是人生经历，用更积极的心态去面对。

就算能坐时光机回到过去，我恐怕也不会刻意找个富二代。倒不是有没有女性魅力的问题。哪怕我是个万人迷，光是想象一下被自己不喜欢的男人握了一下手，我都不寒而栗。哪怕他腰缠万贯，是医生或是富二代，我都不可能跟一个不喜欢的人结婚，会有本能层面的抗拒。

于是就只能祈祷"自己喜欢的人恰巧是个有钱的精英，而且对方也莫名其妙对我着迷"这样的小概率事件发生了。

话虽如此，在女性眼里更有魅力的往往是那些掉了队的、没有前途的歹小子。这本书里也有一个充满野性魅力的男性角色。作者对"在女性眼里，什么样的男性是有吸引力的"

做出了精准的刻画。明知和这样的男人结婚要吃多少苦头，却无法抗拒这种吸引力。又有谁能指责那些嫁了窝囊废的女性呢？

这个故事告诉我，无论选哪条路，人生都不可能一帆风顺，但磕磕绊绊的人生也不是一无是处的。故事里的每一个角色都可爱极了，因为他们都在认真努力地生活，而且都很聪明。

也许"不受世俗迷惑"是一件非常难做到的事情。很少有人能够坚定信念，不受任何人的影响。但我觉得这样也没关系。我们可以走走停停，时不时告诉自己"别人是别人，自己是自己"，按下种种无奈和嫉妒，在第二天早上找回原来的自己——人就是这样活着的吧。

钱包里的三千日元到底该怎么用？钱的用法足以体现出一个人的活法。这本书让我深刻感受到，花钱的思路和追求幸福的思路是一样的。

这本书值得我们放在书架的一角，在迷失自我时拿起来翻一翻。

SANZENEN NO TSUKAIKATA
BY Hika HARADA
Copyright © 2021 Hika HARADA
Original Japanese edition published by CHUOKORON-SHINSHA, INC.
All rights reserved.
Chinese (in Simplified character only) translation copyright © 2025 by China South Booky Culture Media Co., Ltd.
Chinese (in Simplified character only) translation rights arranged with CHUOKORON-SHINSHA, INC. through BARDON CHINESE CREATIVE AGENCY LIMITED, HONG KONG.

© 中南博集天卷文化传媒有限公司。本书版权受法律保护。未经权利人许可，任何人不得以任何方式使用本书包括正文、插图、封面、版式等任何部分内容，违者将受到法律制裁。

著作权合同登记号：字 18-2025-009

### 图书在版编目（CIP）数据

三千日元的人生 /（日）原田比香著；曹逸冰译. 
长沙：湖南文艺出版社，2025.3. --ISBN 978-7-5726-2270-0

I. I313.45
中国国家版本馆 CIP 数据核字第 20254FH492 号

上架建议：日本文学·长篇小说

### SANQIAN RIYUAN DE RENSHENG
### 三千日元的人生

著　　者：[日]原田比香
译　　者：曹逸冰
出 版 人：陈新文
责任编辑：夏必玄
监　　制：毛闽峰
策划编辑：陈　鹏
特约编辑：朱东冬　云　爽
版权支持：金　哲
营销编辑：刘　珣　大　焦
封面设计：之淇 @ 山川制本 workshop
版式设计：李　洁
出　　版：湖南文艺出版社
　　　　　（长沙市雨花区东二环一段 508 号　邮编：410014）
网　　址：www.hnwy.net
印　　刷：北京中科印刷有限公司
经　　销：新华书店
开　　本：775 mm × 1120 mm　1/32
字　　数：170 千字
印　　张：9.75
版　　次：2025 年 3 月第 1 版
印　　次：2025 年 3 月第 1 次印刷
书　　号：ISBN 978-7-5726-2270-0
定　　价：48.00 元

若有质量问题，请致电质量监督电话：010-59096394
团购电话：010-59320018